KB099844

주봉전

서유경 옮김

박문사

머리말

〈주봉전〉은 주여득, 주봉, 주해선의 3대를 중심으로 가족이 겪는 이야기를 보여주는 작품이다. 이본에 따라서는 주여득의 부친으로 주 승상이 언급된 경우도 있으나 서사 전개가 이루어지는 정도는 아니어서 일반적으로 3대에 걸친 서사라 할 수 있다. 그래서인지 〈주봉전〉의 이본 중에는 작품의 제목이 〈주여득전〉, 〈주해선전〉인 경우도 있다.

〈주봉전〉의 이본은 현재까지 조사된 바에 따르면 약 50여종에 이르는데, 대부분이 필사본이다. 〈주봉전〉은 국립한글박물관 소장본과 같이 최근 들어 새로이 나오는 이본들이 있어 더 많을 수도 있을 것으로 보인다. 현대의 우리에게 〈주봉전〉이 그리 친숙하지 않은 것과는 달리, 이본의 수로 볼 때 〈주봉전〉은 조선 후기 이후 어느 정도 알려진 작품일 뿐만 아니라 인기도 있었던 것으로 짐작된다. 최근 발견되는 필사본의 경우 필사 시기가 주로 1900년 전후여서 일제 강점기에도 향유되었음을 보여준다.

이 책에서 다룬 〈주봉전〉 이본은 국립한글박물관 소장 〈쥬봉전〉〈한구1429〉과 국립한글박물관 소장 〈쥬봉전이라〉〈한구

0047〉이다. 〈쥬봉전〉〈한구1429〉은 기존에 필자가 소개하기를 27장본이라 하였으나 실제로는 28장본이다. 맨 마지막 면에 필사기와 함께 매우 적은 분량의 본문이 있어서 27장으로 잘못 본 탓이다. 이 자리를 빌어 정정한다. 〈쥬봉전이라〉〈한구0047〉은 32장본인데 〈쥬봉전〉〈한구1429〉과 내용이 대개 비슷하다.

〈쥬봉전〉〈한구1429〉는 표지 안쪽에 도연명의 시 〈四時〉의 일부와 가도(賈島)의 '심은자불우(深隱子不遇)'가 한자로 쓰여 있다. 소설에 끝난 부분에 필사기와 함께 '무신원월이십팔일'이라 기록되어 있어 필사 시기를 1908년 정도로 볼 수 있을 것 같다. 〈쥬봉전〉〈한구1429〉는 필체가 매우 깔끔하여 읽기 좋다. 그리고 서술 중간 중간에 한자와 간체자를 섞어 쓰고 있어 필사자가 한자 문식성이 있었다고 할 수 있다.

〈쥬봉전이라〉〈한구0047〉은 32장본이어서 〈쥬봉전〉〈한구1429〉보다 책 분량이 많아 보이지만, 글씨 크기가 큰 것이어서 실제 서사 분량은 서로 비슷하다. 그런데 글씨 흘림이 조금 심하고, 책의 제본 과정에서 보이지 않게 된 부분 때문에 읽기 어려운 경우들이 많다. 〈쥬봉전이라〉〈한구0047〉의 필사 시기는 밝혀져 있지 않아 알 수 없다.

〈주봉전〉 형성 과정은 중국 소설 〈蘇知縣羅衫再合〉과 창의적 번안소설로 평가되는 〈월봉산기〉와 긴밀한 관련이 있을 것으로 보인다. 그러나 이들 작품과 유사성보다는 독자성이 훨씬

커서 〈주봉전〉을 번안소설이나 〈월봉산기〉류의 작품으로 보는 것은 적절하지 않을 것 같다.

〈주봉전〉의 주요 내용은 다음과 같다. 주여득이 부모를 일찍 여의고 어렵게 살다가 왕 시랑의 사위가 되고 과거 급제하여 황제의 인정을 받는다. 그러나 주여득이 황제의 신임을 독차지하는 것을 조정의 신하들이 시기하여 해평 도사로 가게 한다. 해평 도사를 제수받은 주여득은 자결하고 만다. 주여득이 죽고 나서 왕 부인과 아들 주봉은 가난하게 산다. 주봉은 지필묵이 없어 과거 시험을 못 볼 정도였는데, 이도원이라는 사람이 재물을 주어 과거에 급제한다. 황제가 주봉이 주여득의 아들임을 알고, 주여득과 같이 아낀다.

어느 날 천자와 함께 선관들이 내려와 쉰다는 곳에 구경 갔다가 주봉이 옥저와 단금을 얻게 된다. 주봉이 가진 조정 권세를 시기한 신하들이 주봉을 해평 도사로 보낼 것을 청한다. 어쩔 수 없이 천자는 주봉에게 해평 도사로 갈 것을 명하고, 주봉은 해평으로 가다가 수적 장취경을 만나 죽을 지경에 이른다. 장취경은 주봉을 물에 빠뜨리고 부인과 여종을 데려간다. 다행히 옥황상제가 주봉을 구해 주도록 하여 주봉은 해평 땅에서 걸식하게 된다. 잡혀간 부인은 여종 옥염 덕분에 도망하여 영보산 칠보암에 거하게 된다. 이 과정에서 옥염은 물에 빠져 죽는다.

한편 주봉의 부인은 중이 되어 지내다 아들 해선을 낳는다.

그러나 절에서 기를 수 없게 되어 저고리에 '유복자 해선'이라고 새기고 새끼발가락을 끊어 옷깃 속에 넣고 샘가에 버린다. 버려진 해선을 수적 장취경이 데려다 기른다. 해선은 장성하며 장취경 몰래 글공부를 하고, 황성에 구경 갔다가 우연히 자신의 할머니를 만나게 된다. 할머니에게서 주봉에 관한 이야기를 듣고, 옥저와 단금도 얻게 된다. 해선은 옥저와 단금을 연주하다 걸식하던 주봉을 만난다.

주봉과 해선은 함께 옥저와 단금을 연주하다가 부인도 만나게 되어 마침내 해선이 자신의 친부모가 누군지 알게 된다. 모든 사실을 안 해선은 과거에 급제하여 해평 도사를 자청하고, 해평 도사가 된 해선은 잡혀 있던 여러 부인들과 함께 장취경에게 복수한다. 천자는 장해선을 주해선이라 할 것을 명하고, 옥염의 한을 생각하여 천변수륙 제사를 지내도록 한다. 그래서 옥염은 다시 살아나게 되고, 주봉과 부인, 주봉의 어머니, 해선, 옥염 등 모두는 함께 모여 복록을 누리며 산다.

이 책의 왼쪽에는 〈주봉전〉의 원문을 탈초[1]한 내용을, 오른쪽에는 번역한 내용을 제시하였다. 원문을 탈초한 내용을 실은 면에는 원래의 책 기록과 유사하게 행을 맞추어 정렬하였다.

---

1) 이 책에서 다룬 〈주봉전〉 이본 중 〈쥬봉젼〉〈한구1429〉의 탈초본은 국립한글박물관에서 발간한 『고소설 자료집 I』(2016)에 있는 내용을 수정 보완한 것이다.

단, 한 행이 너무 길어 다음 행까지 연결될 때에는 이어 적었다. 그리고 원문의 한 면이 길어 다음 면으로 넘어갈 때에는 숫자를 넣어 표시하였다. 〈주봉전〉의 번역은 가능하면 원문에 부합하도록 하되, 현대어로 어색하거나 연결이 잘 되지 않을 때에는 풀어 쓰거나 자연스럽게 바꾸었다. 그리고 의미 파악이 어려운 어휘들은 간단하게 주석을 달았다.

〈주봉전〉의 원문을 옮기고 번역하는 과정에서 오류가 없도록 최선을 다했으나 여전히 틀린 부분이 있을지 모르겠다. 옮긴이의 부족함으로 이해해 주시기 바란다. 이 책이 나오기까지 여러모로 도와주신 분들께 깊은 감사를 드리고 싶다. 국립한글박물관장님과 여러 선생님들께서 〈주봉전〉 강독의 계기를 마련해 주셨기에 이 책이 시작될 수 있었다. 〈주봉전〉을 함께 읽어 준 서울시립대학교 대학원생들과 현대어 번역을 검토해 준 사랑하는 동생 유현, 그리고 옆에서 늘 사랑으로 독려해 주는 가족들에게 고마움을 전한다. 그리고 좋은 책을 만들 수 있도록 허락해 주신 윤석현 사장님과 편집진께 감사드린다.

2016년 11월

서 유 경

차례

쥬봉전

국립한글박물관 소장

〈한구1429〉

1-앞

쥬봉젼 권지단

당나라 太宗皇帝 시절의 南天門 外의 ᄒᆞᆫ ᄌᆡ상니 ᄒᆞᆫ 아들을 두어씨되 승은 朱요 명은 如得이라 일즉 부모을 여희고 근근니 ᄌᆞ라나 왕 시랑의 ᄉᆞ위되여 書冊 工夫을 심씨던니 이러구러 如得

의 나이 十三 歲의 ᄒᆞᆫ 아들을 두어씨되 긔골니 쥰슈ᄒᆞ고 닌물리 비범ᄒᆞ여 날노 ᄉᆞ랑ᄒᆞ며 일홈을 봉니라 ᄒᆞ고 如得의 夫妻 피ᄎᆞ 父母 읍심을 晝夜 스러 ᄒᆞ던니 此時 황제 닌ᄌᆡ을 스러발니고 알

셩과을 뵈닌다 ᄒᆞ거날 잇ᄯᅢ 如得니 과거 소식을 듯고 장즁의 드러가 글을 지여 一天의 션장ᄒᆞ니 皇帝 니 글을 보시고 층ᄎᆞᆫ 曰 니 글을 보신니 天地造化을 흉즁의 느흔 듯ᄒᆞ니 니 사람은 天下 긔남ᄌᆡ로다 ᄒᆞ시고 즉시 봉ᄂᆡ을 ᄀᆡ퇵ᄒᆞᆫ니 南天門 外의 居ᄒᆞᄂᆞᆫ 朱 承相의 子 如得니라 ᄒᆞᆫ여거날 즉시 실ᄂᆡ을

당나라 태종 황제 시절, 남천문 밖에 사는 한 재상이 한 아들을 두었는데 성은 주, 이름은 여득이었다. 일찍 부모를 여의고 어렵사리 자랐는데, 왕 시랑의 사위가 되어 글공부에 힘쓰며 살게 되었다. 이럭저럭 세월이 지나 여득이 나이 십삼 세가 되었을 때 아들 하나를 두었다. 그 아들은 기골이 준수하고 인물이 비범하여 여득이 날이 갈수록 더욱 사랑하며 이름을 봉이라 하였다. 주여득 부부는 서로 부모 없음을 항상 슬퍼하였다.

이때 황제가 인재를 구하고자 알성과를 시행한다는 소식을 여득이 듣고 과거를 보게 되었다. 주여득이 과거 시험장에서 가장 먼저 글을 지어 바치니 황제가 그 글을 보시고 칭찬하여 말하기를

"이 글을 보니 천지조화를 가슴에 넣은 듯하구나. 이 사람은 천하의 뛰어난 사람이로다."

하셨다. 시험지에 쓰인 이름 등을 확인하여 보니, 남천문 밖에 사는 주 승상의 아들 여득이라 하였다. 즉시 궐 안에

불은니 長安니 진동ᄒᆞᄂᆞᆫ지라 此時 如得니 글을 지여밧치
고 집의 도라와 쉬던니 실ᄂᆡ 부루넌 소ᄅᆡ을 듯고 如得 夫妻 一
喜一悲ᄒᆞᆫ더라 니 날 궐ᄂᆡ의 드러가 국궁 四拜ᄒᆞ니 皇帝
니 거동을 보시고 층찬 曰 美哉라 니 ᄉᆞ람은 천하 긔남ᄌᆡ라
ᄒᆞ시고 皇帝 무르사 경의 일홈은 알건이와 뉘 집 子孫니
며 年니 얼마며 父母도 ᄉᆞ러난야 ᄒᆞ신니 如得니 伏之四拜 曰
小臣이 구ᄃᆡ 독ᄌᆞ로 근근ᄌᆞᄉᆡᆼ 中의 父親은 죽ᄉᆞᆸ고 母親을
다리고 歲月을 보ᄂᆡ던니 어미도 죽ᄉᆞᆸ고 의지할 곳지 읍
셔 ᄀᆡ걸ᄒᆞ옵던니 千万意外의 王 侍郞의 ᄉᆞ외되여 제
우 자ᄉᆡᆼᄒᆞ옵던니 쳔은니 罔極ᄒᆞ와 알셩급제 참방[1]ᄒᆞ온니

이를 알리니 온 장안이 진동하였다. 이때 여득은 글을 지어 바치고 집에 돌아와 쉬고 있다가 궐 안에서 부르는 소리를 듣고 아내와 함께 일희일비(一喜一悲) 하였다.

이 날 여득이 궐내에 들어가서 임금님께 큰 절로 예를 갖추어 인사를 올리니 황제께서 이 거동을 보시고 칭찬하며 말하셨다.

"참 보기 좋구나! 이 사람은 천하에서 뛰어난 인재로다."

하시고 황제께서 물으셨다.

"경(卿)의 이름은 내가 알고 있으니 어느 집 자손이고 나이는 얼마이며 부모님도 살아계시는지 말해 보거라."

여득이 엎드려 절하며 말하였다.

"소신(小臣)이 구대 독자로 겨우 살아오는 중에 아버님은 돌아가시고 어머니를 모시고 살았었습니다. 그러다가 어머니께서도 돌아가시고 의지할 곳이 없어 빌어먹을 정도로 어려웠습니다. 그런데 천만뜻밖에 왕 시랑의 사위가 되어 저 자신의 힘으로 살 수 있게 되었습니다. 하늘의 은혜가 지극히 커서인지 알성과에 급제하여 이렇게 인사를 올리게 되었습니다.

2-앞

다 陛下의 너부신 덕틱니로소니다 ᄒᆞ며 눈물을 흘니거날 皇帝 그 그동을

보시고 측은니 역이여 슐을 친니 권ᄒᆞ시며 손을 ᄌᆞ부시고 曰 경의 몸은

짐의 슈족니라 ᄒᆞ시며 벼살을 쥬시되 우승지 좌승지을 쥬시고 또 우부승셔 좌부승셔 할님혹ᄉᆞ을 졔슈 하니시고 여득니 일시의 닌ᄉᆡᆼ 다셧셜 찻는지라 명망니 조졍의 졔닐닌니 니러함으로 만죠빅관니 모다 의논ᄒᆞ되 朱如得니 朝庭 권세을 져 혼져 ᄎᆞ지ᄒᆞ니 우리등은 할 벼살니 읍신니 이달고 졀통ᄒᆞ도다 ᄒᆞ고 날마다 의논ᄒᆞ던니 좌부승셔 우부상셔 전의ᄒᆞ던 벼살을 여득의게 이닌고로 혐의ᄒᆞ여 ᄒᆞᆫ 뫼칙을 ᄉᆡᆼ각ᄒᆞ고 마음의 혜오ᄃᆡ 니 놈을 ᄒᆡ평 도사을 보닉여야 우리 등니 살니라 ᄒᆞ고 朝庭 빅관니 셔로 더부러 의논

ᄒᆞ고 탑젼[2]의 드러가 빅관이 엿ᄌᆞ오ᄃᆡ 신 등니 듯사온니 셩즁의셔

이 모든 것이 폐하의 넓으신 은혜 덕분이옵니다.“
하며 눈물을 흘렸다. 황제께서는 그 모습을 보시고 측은히 여기여 술을 친히 권하시며 손을 잡으셨다.

“경(卿)의 몸은 짐의 수족(手足)이니라.”
하시며 벼슬을 주시는데, 우승지, 좌승지를 주시고 뿐만 아니라 우부상서, 좌부상서, 한림학사를 제수하였다. 그래서 여득은 한꺼번에 다섯 가지의 벼슬을 받게 되니 명망이 조정에서 제일 높았다. 이러니 만조백관이 모두 말하기를

“주여득이 조정의 권세를 자기 혼자 다 차지하니 우리는 할 벼슬이 없구나. 애달프고 원통하도다.”
하며 날마다 의논하였다. 좌부상서와 우부상서는 전에 하던 벼슬을 여득에게 빼앗겼기에 서로 협의하여 한 묘책을 생각해 내었다. 그들은

‘이놈을 해평 도사로 보내어야 우리들이 살리라.’
하는 마음을 먹고서 조정 백관과 서로 함께 의논하였다. 그리고는 황제에게 나아가 백관들이 여쭈었다.

“저희 신하들이 들어보건대 성중에서

2-뒤

海平니 육노로 四萬 四千 里요 水路로 五萬 五千 里온니 陛下의 은덕을
입지 못훈고로 三綱五倫을 모로고 人心니 無道ᄒᆞ여 海平 도ᄉᆞ을 八九人
을 보ᄂᆡ되 훈번 가오면 소식니 읍ᄉᆞ온니 國家의 근심니 즉지 안니ᄒᆞ
온지라 죠정ᄇᆡᆨ관 즁의 장역[3] ᄂᆡᆺ는 ᄉᆞ람을 가리여 그 셤즁의 보ᄂᆡ와 ᄇᆡᆨ셩
을 진무ᄒᆞ고 五倫을 가리치고 먼져 보ᄂᆡ온 도ᄉᆞ 소식을 알고 오면 죠
흘가 ᄒᆞ나이다 皇帝 曰 그러ᄒᆞ면 ᄃᆡ신 즁의 뉘가 갈듯 훈야 ᄒᆞ신ᄃᆡ 훈
ᄉᆞᆼ셔 엿ᄌᆞ오ᄃᆡ 지금 할님학ᄉᆞ 겸 좌부ᄉᆞᆼ셔 朱如得은 忠孝와 장약
니 過人ᄒᆞ온니 여득을 명ᄒᆞ여 보ᄂᆡ소셔 ᄒᆞ거날 皇帝 大怒 曰 如得
은 짐의 手足之臣니라 누 万里 박게 보ᄂᆡ고 國家 大事을 눌로 더부
러 의논ᄒᆞ리요 ᄒᆞ시고 다른 신ᄒᆞ을 보ᄂᆡ라 ᄒᆞ시되 ᄇᆡᆨ관니 복지쥬

해평이 육로(陸路)로 사만 사천 리요, 수로(水路)로 오만 오천 리나 되어 폐하의 은덕을 입지 못하고 있습니다. 삼강오륜(三綱五倫)을 모르고 인심이 돼먹지 못하여 해평 도사로 여덟아홉 명을 보냈으나 한 번 가면 소식이 끊어지니 나라의 근심이 적지 않습니다. 그러니 조정의 여러 신하들 중에서도 능력 있는 사람을 골라 그 섬으로 보내어 백성을 다스리고 오륜(五倫)을 가르치며 먼저 보낸 해평 도사들의 소식을 알아오면 좋겠습니다."

황제가 말하기를

"그러하면 대신들 중에 누가 가면 좋겠느냐?"

하였다. 한 상서가 여쭙기를

"지금 한림학사 겸 좌부상서인 주여득은 충효와 능력이 누구보다 뛰어납니다. 그러하니 여득을 명하여 보내옵소서."

하였다.

그러자 황제가 크게 노하여 말하였다.

"여득은 짐의 수족(手足)과 같은 신하니라. 수만 리 밖으로 보내고 나면 국가의 대사를 누구와 함께 의논하겠는가?"

하시며 다른 신하를 보내라 하시더라. 만조백관이 엎드려 아뢰기를

3-앞

曰 陛下게압셔 죠고마ᄒᆞᆫ ᄉᆞ정을 ᄉᆡᆼ각ᄒᆞ시고 國家 大事을 혓도니 아
르신난닛가 皇帝 질노 曰 다시 아뢰는 ᄌᆡ면 國法으로 원춤[4] ᄒᆞ리라 ᄒᆞ시되 ᄇᆡᆨ관니 연닐 ᄒᆞᆫᄉᆞᄒᆞ고 쥬달ᄒᆞ니 皇帝도 십벌지목니라 할 슈 읍셔 여득을 명ᄒᆞ여 보ᄂᆡ신ᄃᆡ 朱 상셔 탑전의 드러가 伏之ᄒᆞᆫᄃᆡ 天子 龍淚을 먹금고 전교ᄒᆞ시되 ᄒᆡ평 골리 數万 里 박기라 인심니 불칙ᄒᆞ여 오륜을 모른다 ᄒᆞ니 경니 나려가 五倫三綱을 가라쳐 ᄇᆡᆨ셩을 진무[5] ᄒᆞ고 슈히 도라오라 ᄒᆞ신ᄃᆡ 朱如得니 정신니 악득ᄒᆞ여 흉즁니 막켜 말을 못

"폐하께옵서는 조그마한 사정만 생각하시고, 국가 대사는 그렇게 아무렇지도 않게 보시나이까?"
하였다. 황제는 노하여 꾸짖어 말하기를
"다시 이 일을 아뢰는 자가 있으면 국법으로 벌하리라."
하였다. 그러나 백관들이 연일 죽기를 각오하고 아뢰니, 황제도 십벌지목(十伐之木)이라, 하릴없어 여득에게 명하여 보내기로 하였다.
주 상서가 임금님께로 나아가 엎드리니 황제는 눈물을 머금고 명령을 내린다.
"해평골이 수만 리 밖에 있어, 인심이 매우 사납고 오륜을 모른다 하니 경(卿)이 내려가 삼강오륜을 가르쳐 백성을 어루만지고 어서 돌아오라."
하시니 주여득은 정신이 아득하여 가슴이 막혀 말을 못하고

3-뒤

ᄒᆞ다가 양구의[6] 복지 쥬曰 小臣니 陛下의 게교을 엇지 水火 中 닌덜 피ᄒᆞ올릿가만은 가옵기는 가오련니와 陛下계옵셔 小 臣을 手足갓치 ᄉᆞ랑ᄒᆞ옵기 小臣도 陛下의 일신덜 ᄯᅥ나올닛 가 ᄒᆞ며 눈물을 흘니는지라 皇帝 보시고 여득의 손을 잡고 龍淚을 흘리시며 탄식 曰 넘어 슬러 말고 슈리 단여오면 天下 을 半分ᄒᆞ리라 ᄒᆞ신니 朱 승셔 할 슈 읍셔 탑전의 ᄒᆞ 직ᄒᆞ고 집으로 도라와 부닌의 손을 잡고 ᄯᅩ ᄒᆞᆫ 손으로 쥬봉의 손을 잡고 ᄃᆡ셩통곡 曰 天子 젼교ᄒᆞ사 날노 히평 도ᄉᆞ을 졔슈

한참이나 있다가 엎드려 아뢰기를

"소신(小臣)이 폐하의 명령이 설령 물이나 불에 뛰어드는 것이라 할지라도 어찌 피하겠사옵니까? 제가 가기는 가겠사오나 폐하께옵서 소신(小臣)을 수족(手足)과 같이 사랑하시는데 폐하의 곁을 일시라도 떠나고 싶겠습니까?"

하며 눈물을 흘리는지라. 황제께서 보시고는 여득의 손을 잡고 눈물을 흘리시며 탄식하셨다.

"너무 슬퍼하지 말고 빠른 시일 내에 다녀오면 그대에게 천하를 반으로 나누어 주리라."

하시니, 주 상서는 하릴없이 황제에게 하직하고 집으로 돌아왔다. 주여득은 부인의 손과 주봉의 손을 잡고 대성통곡하여 말하기를

"천자가 명령을 내리셔서 나로 하여금 해평 도사를 하게 하셨다.

4－앏

ᄒᆞ옵신니 ᄒᆡ평 직노[7]을 ᄉᆡᆼ각ᄒᆞ니 누말 니 박기라 ᄒᆞᆫ 변 가면 다시 오지 못ᄒᆞ니 니는 죠졍ᄇᆡᆨ관니 시긔ᄒᆞ야 날을 죽게 함니라 죽을지 연졍 皇命을 읏지 거역ᄒᆞ리요 ᄒᆞ고 ᄌᆞ식의 거동을 보고 찰알리 죽고 안니 갑만 못ᄒᆞ다 ᄒᆞ며 朱鳳의 목을 안고 낫츨 ᄃᆡ고 궁굴며 통곡ᄒᆞᄂᆞᆫ 소ᄅᆡ 참아 보지 못할너라 夫人이 ᄯᅩ 승상의 손을 잡고 쥬봉

을 안고 울며 曰 얼린 ᄌᆞ식 쥬봉을 누을 의지ᄒᆞ여 술나 ᄒᆞ신ᄂᆞᆫ 잇가 ᄒᆞ

며 셔로 붓들고 우는 소ᄅᆡ 山川草木이며 비금쥬슈덜도 우ᄂᆞᆫ 듯ᄒᆞ더

라 쥬 승숭ᄒᆞ릴 읍셔 약을 먹고 죽은리라 皇帝 쥬 승숭 죽엇ᄡᅡᆫ 말을 듯고 ᄌᆞ탄 曰 여득은 짐의 手足닐넌니 죽엇다 ᄒᆞ니 눌로 더부러 國ᄉᆞ

을 의논하리요 ᄒᆞ시고 왕예로 초숭을 지ᄂᆡᆺᄂᆞᆫ지라 王 夫人이 朱鳳을 다리

고 晝夜 통곡ᄒᆞ던니 歲月리 如流ᄒᆞ여 三年을 지넌니 朱鳳의 나

그런데 해평으로 가는 길을 생각해 보니 수만 리나 떨어져 있는 곳이라 한 번 가면 다시 오지 못한다. 이는 조정의 백관들이 시기하여 나를 죽게 하려는 것이다. 내가 죽을지언정 어찌 황제의 명령을 거역하겠는가."

하였다. 그러고는 자식의 모습을 보고 차라리 죽고 가지 않는 것만 못한다고 하며, 주봉의 목을 안고 얼굴을 대고 뒹굴며 큰 소리로 통곡을 하니 차마 보지 못할 지경이었다. 부인이 또 승상의 손을 잡고 주봉을 안고 울며

"어린 자식 주봉이는 누구를 의지하며 살라 하시나이까?"

하는데, 서로 붙들고 우는 소리는 산천초목(山川草木)이라도 울고 날짐승, 길짐승이라도 우는 듯하였다.

주 승상은 어찌할 수 없어 약을 먹고 죽으니라. 황제는 주 승상이 죽었다는 말을 듣고 스스로 탄식하여 말하기를

"여득은 짐의 수족(手足)과 같았는데 죽었다 하니 이제 누구와 더불어 국사(國事)를 의논하겠는가?"

하시고 왕실의 예를 갖추어 초상을 지내었다. 왕 부인이 주봉을 데리고 주야로 통곡하였다.

세월이 흘러 삼 년이 지나니 주봉의 나이

4-뒤

니 七 歲라 이제 글 공부을 시작ᄒᆞ니 일남쳑긔[8]ᄒᆞ여 싱니지

지[9]ᄒᆞ더라

셰간니 간안ᄒᆞ믹[10] 나지면 솔방울을 쥬어다가 방의 불을 ᄯᅦ고

궁ᄒᆞᆫ 집

의셔 歲月을 보ᄂᆡᆫ니 그 ᄎᆞ목한 거동은 ᄎᆞᆷ마 보지 못할너라 歲月

이 如流ᄒᆞ여 朱鳳의 나희 十三歲 당ᄒᆞ믹 글언 니두병의 문장을 겸

ᄒᆞ여 닛고 얼골언 두목지[11]의 풍치로ᄃᆡ 가슨니 가는ᄒᆞ여 王夫

人이 밥을

비러다가 朱鳳을 먹게 ᄒᆞ던니 잇ᄯᆡ 皇帝 天下 인ᄌᆡ을 구ᄒᆞ여 國事

을 의논코져 ᄒᆞ여 과거을 뵈닐ᄉᆡ 쥬봉니 과거 소식을 듯고 夫人 前

의 엿ᄌᆞ오ᄃᆡ 과거가 뒨다ᄒᆞ온니 小子도 귀경코ᄌᆞᄒᆞ나이다 ᄒᆞ거

날 夫

人이 그 말을 듯고 ᄌᆞ탄 曰 네 아모리 과을 보고ᄌᆞ ᄒᆞᆫ덜 지필니

읍시 과거을 보

리요 ᄒᆞ시며 셔로 의통ᄒᆞ던니 千万 意外의 南天門 박게 ᄉᆞ는

李東園

니라 ᄒᆞ는 ᄉᆞ람니 그 거동을 보고 朱鳳을 불너 무루되 도련님은 무

칠 세가 되었다. 이제 글공부를 시작하였는데, 한 번 본 것은 모두 기억하여 스스로 도를 깨칠 정도였다. 그런데 집안이 가난하여 낮이면 솔방울을 주어다가 방에 불을 때며 궁한 집에서 세월을 보내니 그 참혹한 거동은 차마 보지 못할 지경이었다. 또 세월이 흘러흘러 주봉의 나이가 십삼 세가 되니 글은 이두병의 문장 실력을 갖추었고 얼굴은 두목지의 풍채였다. 그러나 집안이 가난하여 왕 부인이 밥을 빌어다가 주봉을 먹이였다.

이때 황제가 천하의 인재를 구해 국사(國事)를 의논하고자 과거를 시행하였다. 주봉이 과거 시행 소식을 듣고 부인께 여쭙기를

"과거(科擧)를 시행한다 하오니 소자(小子)도 서울에 가고자 하나이다."

하였다. 부인이 그 말을 듣고 자탄(自嘆)하여 말하기를

"네가 아무리 과거(科擧)를 보고자 한들 지필묵(紙筆墨)도 없으니 어떻게 과거(科擧)를 보겠느냐?"

하며 서로 애통해 하였다.

그런데 천만뜻밖에도 남천문 밖에 사는 이동원이라 하는 사람이 이 모습을 보고 주봉을 불러 물었다.

"도련님은

5-앞1

삼 일노 져ᄃᆡ지 이통ᄒᆞ시ᄂᆞᆫ잇가 ᄒᆞᆫᄃᆡ 쥬봉니 ᄃᆡ曰 다름 안니라 과거을 뵈인다 ᄒᆞ
되 필먹과 명지[12]도 살것시 읍셔 모지 우노라 ᄒᆞᆫᄃᆡ 니동원니 그 말을 듯고 가
긍니 여겨 曰 니번 과거을 보소셔 과거의 든ᄂᆞᆫ 돈은 누만금니라도 小人이 당ᄒᆞ
올리니다 죠금도 염여 마옵고 小人을 ᄯᅡ라가ᄉᆞ니다 ᄒᆞ고 집으로 도라와 쥬
찬[13]을 ᄂᆡ여 ᄃᆡ졉ᄒᆞ고 양식과 과직을 쥬되 白米 三百石과 금은 七千兩
을 쥬며 曰 우션 양식이나 봇틔소셔 ᄒᆞ고 ᄉᆞ환을 불너 도런님ᄃᆡᆨ으로 슈운ᄒᆞ더라 夫人이 과직을 보시고 가로ᄃᆡ 千万 뜻박게 원 ᄉᆞ람니 즌곡을
슈운ᄒᆞ거날 夫人니 놀ᄂᆡ여 쥬봉의 손을 잡고 曰 뉘가 쥬던뇨 쥬봉니
ᄃᆡ희 曰 문박게 ᄉᆞᄂᆞᆫ 니동원니 쥬더니다 ᄒᆞ거날 부닌니 ᄉᆞ례ᄒᆞ고 ᄒᆞᆫ날

무슨 일로 그렇게 애통해 하십니까?"
하니, 주봉이 대답하여 말하기를
"다름이 아니라 과거(科擧)를 시행한다 하는데 나는 필묵(筆墨)과 명주도 살 돈이 없어 어머니와 함께 우노라."
하였다. 이동원이 그 말을 듣고 불쌍히 여겨 말하기를,
"이번 과거(科擧)를 보옵소서. 과거(科擧) 보는 데 드는 돈은 수만금이라도 소인(小人)이 만들어 드리겠습니다. 조금도 염려하지 마시고 소인을 따라가시지요."
하고 집으로 돌아와 먹을 것을 내어 대접하였다. 그러고는 양식과 재물을 주는데 백미 삼백 석과 금은 칠천 냥을 주며
"우선 양식에나 보태소서."
하고 사환을 불러 도련님 댁으로 나르게 하였다. 부인이 재물을 보시고 가로되,
"천만뜻밖에 웬 사람이 돈과 곡식을 운반하는구나."
하고 놀래어 주봉의 손을 잡고 묻는 것이었다.
"누가 주더냐?"
주봉이 크게 기뻐하며 말하기를
"문밖에 사는 이동원이라 하는 사람이 주더이다."
하거늘, 부인이 사례하고 하느님께 빌어 말하였다.

5 – 앞2

임게 비러 曰 이 즌곡 쥬는 니는 니 싱의는 갑지 못ᄒᆞ옵고 쥭거
지ᄒᆞ의 갑
풀리라 닛ᄯᅴ 과거날니 당ᄒᆞ엿씨미 쥬봉니 필먹과 명지을 가지고
장즁의 드러가 본니 글제을 거러씨되 平生의 닉키던 글리라

"이 돈과 곡식을 준 사람에게 이 생애에는 갚지 못하더라도 죽어 지하에 가서라도 갚겠습니다."

이때 과거(科擧) 날이 되니 주봉이 필묵(筆墨)과 명주를 가지고 과거장에 들어갔다. 보니 주어진 글의 제목이 자신이 평소에 익히던 글이었다.

5 – 뒤1

일필휘지ᄒᆞ여 닐천의 밧친니 황제 그 글을 보시고 귀귀마다 비졈[14]니
요 ᄌᆞᄌᆞ마다 관쥬[15]로다 ᄒᆞ고 층촌 曰 아마도 니 글씨는 쥭은 쥬여득의 글
씨와 갓ᄯᅩ다 ᄒᆞ시며 즉시 봉ᄂᆡ을 기됙ᄒᆞ신니 쥬여득의 아들 쥬봉니
라 ᄒᆞ여거날 ᄉᆞᆼ니 즉시 실ᄂᆡ을 부를ᄉᆡ 농인 니동원이 방을 지다리던
니 千万意外의 南天門박게 ᄉᆞ는 쥬 승즁의 아들 쥬봉니라 ᄒᆞ고 실
ᄂᆡ을 부루거날 동원니 그 소ᄅᆡ을 듯고 ᄒᆞᆫ거름의 도라와 도련님 알
셩급제 실ᄂᆡ 부루는 소ᄅᆡ을 못 드르신잇가 ᄒᆞ며 목의 침니 읍셔 말
을 못ᄒᆞ거날 夫人이 니 말을 듯고 일번 반가우나 ᄉᆞᆼᄉᆞᆼ을 ᄉᆡᆼ각ᄒᆞ니
슬푼 마음이 나는지라 쥬봉의 손을 잡고 슬허ᄒᆞ거날 쥬봉니 위로

일필휘지(一筆揮之)하여 첫 번째로 글을 지어 바치니 황제께서 그 글을 보시고

"구구(句句)마다 비점(批點)이요, 자자(字字)마다 관주(貫珠)로다."

하고 칭찬하여 말씀하시기를

"이 글씨는 죽은 주여득의 글씨와 같도다."

하시며 즉시 제출한 과거(科擧) 답안지의 이름 등을 열어 보시니 '주여득의 아들 주봉이라.' 하여 상이 즉시 궐내로 부르셨다. 농사꾼 이동원이 방을 기다리고 있다가 천만뜻밖에 남천문 밖에 사는 주 승상의 아들 주봉을 궐내로 부르는 소리를 듣고 한 걸음에 돌아와

"도련님! 알성 급제하여 궐내로 부르는 소리를 못 들으셨습니까?"

하며 목에 침이 말라 말을 못하는 것이었다. 부인이 이 말을 듣고 한편으로 반가우면서도 승상을 생각하니 슬픈 마음이 들어 주봉의 손을 잡고 슬퍼하였다. 주봉이 위로하여 말하기를,

曰 母親님은 넘어 슬러 마압소셔 ᄒᆞ고 즉시 궐ᄂᆡ의 드러가 탑젼의 복지ᄉᆞ비 ᄒᆞᆫᄃᆡ 황졔 쥬봉을 보시고 가라ᄉᆞᄃᆡ 경을 본니 얼골과 쳬신니

젼 승숭 쥬여득과 다름니 읍신니 아지 못거라 뉘 집 子孫니며 나흔

"어머님께서는 너무 슬퍼하지 마옵소서."

하고 즉시 궐내에 들어가 황제 앞에 엎드려 절하니 황제께서 주봉을 보시고 말씀하셨다.

"그대를 보니 얼굴과 몸이 전 승상 주여득과 다름이 없어 어찌된 일인지 알 수 없구나. 어느 집 자손이며 나이는

6-앞1

을마나 ᄒᆞᆫ요 쥬봉니 다시 복지 쥬曰 小臣은 南天門 박게 ᄉᆞᄂᆞᆫ 쥬여득의
아들니압고 나흔 十四 歲로소리다 ᄒᆞ니 황졔 여득의 아들니란 말을 드
르시고 ᄒᆞᆫ거름의 ᄂᆡ다라 쥬봉의 손을 잡으시고 층존 曰 용은 용을 나코
븜은 븜을 난넌다 ᄒᆞ넌 말리 올토다 ᄒᆞ시고 쥬봉의 손을 다시 잡으시
고 옛닐을 ᄉᆡᆼ각ᄒᆞ니 슬푸고 ᄋᆡ달ᄯᅩ다 ᄒᆞ시고 즉시 벼살을 쥬시되 젼의 ᄋᆡ
비ᄒᆞ던 벼살을 ᄒᆞ교ᄒᆞᄉᆞ 예부상셔 좌부숭셔 우부상셔 겸 좌승숭을 졔슈ᄒᆞ신니 일시의 병부 다셧셜 찻신니 명망니 죠졍의 졔일니라 잇ᄯᅴ
황졔 염탐ᄒᆞ시고 니승지을 명초ᄒᆞ신ᄃᆡ 승지 즉시 궐ᄂᆡ의 드러와 복지

얼마나 되는고?"

주봉이 다시 엎드려 아뢰기를

"소신(小臣)은 남천문 밖에 사는 주여득의 아들이옵고 나이는 십사 세입니다."

하니 황제가 여득의 아들이라는 말을 듣고 한걸음에 내달아 주봉의 손을 잡고 칭찬하였다.

"용은 용을 낳고 범은 범을 낳는다 하는 말이 옳구나."

하시고 주봉의 손을 다시 잡으시며

"옛날 일을 생각하니 슬프고 애달프구나."

하시고 즉시 벼슬을 주시는데, 전에 주봉의 아버지가 하던 벼슬을 내리신다. 예부상서, 좌부상서, 우부상서 겸 좌승상 등을 제수하시니 한 번에 벼슬을 다섯 개나 차지하게 되어 명망이 조정에서 제일 높았다.

이때 황제가 남몰래 알아보아 이 승지를 불러들였다. 승지가 즉시 궐내에 들어와 엎드리니 황제가 묻는다.

6 – 앞2

ᄒᆞ니 황제 문曰 짐니 드른니 경니 ᄯᆞᆯ을 두엇다 ᄒᆞ니 쥬봉을

ᄉᆞ외숨아

百年同樂ᄒᆞ미 읏ᄯᅥᄒᆞᆫ요 ᄒᆞ신ᄃᆡ 승지 복지 쥬曰 小臣도 니번

과거의 장원

ᄒᆞᄂᆞᆫ ᄉᆞ람으로 ᄉᆞ회을 숨으랴 ᄒᆞ여ᄉᆞᆸ던니 ᄯᅩᄒᆞᆫ 陛下의 젼교가

니러ᄒᆞ신니

경니 ᄉᆡ양ᄒᆞ오릿가 ᄒᆞ고 승지 즉시 나와 부닌다려 황제ᄒᆞ시던

말숨을

"짐(朕)이 들으니 경(卿)이 딸을 두었다 하던데, 주봉을 사위로 삼아 백년동락(百年同樂)하게 하면 어떠한고?"

승지가 엎드려 아뢰기를

"소신(小臣)도 이번 과거 시험에서 장원급제하는 사람을 사위로 삼고자 하였사온데, 폐하의 말씀 또한 이러하시니 경(卿)이 어찌 사양하겠습니까?"

하였다. 승지는 즉시 나와 부인에게 황제께서 하신 말씀을

6–뒤1

니르고 吉日을 가리여 쥬 승셔 딕으로 보닌니라 쥬 할님니 승지 딕 편지
을 보고 즉시 모친젼의 드러가 혼ᄉ 말삼을 고ᄒ되 某月 某日의 납치[16]ᄒ옵고
某日은 합궁ᄒ기로 편지가 왓ᄉ온니 니 일을 읏지 ᄒ올릿가 ᄒᆞᆫ디 夫人니
이 말을 듯고 一喜一悲ᄒ여 즉시 예단을 갓쵸와 예필[17] 후의 승상 부뷔 낙낙
ᄒ여 그 질거옴을 층양치 못할너라 일일은 할님니 농인 니동원을 불너 쥬찬을 디졉ᄒ고 黃金 數万 兩을 쥬며 曰 은혜는 빅골난망니라 엇지 다

이르고 길일(吉日)을 가려내어 주 상서 댁으로 보내었다. 주 한림이 승지 댁에서 온 편지를 보고 즉시 모친께 가 혼사 말씀을 고하였다.

"모월 모일은 납폐하고, 모일은 혼인하기로 편지가 왔사온데 이 일을 어찌하면 좋겠습니까?"

부인이 이 말을 듣고 일희일비(一喜一悲) 하여 즉시 예단을 갖추어 인사를 마치니 승상 부부가 기뻐하여 그 즐거움을 측량할 수 없을 정도였다. 하루는 한림이 농사꾼 이동원을 불러 음식을 대접하고 황금 수만 냥을 주며 말하였다.

"베풀어주신 은혜가 백골난망(白骨難忘)이라 어찌 다 갚을 수 있겠습니까?"

하니 이동원이 말하기를

6 – 뒤2

갑푸리요 ᄒᆞ니 니동원니 曰 승숭게옵셔 그딕지 후딕ᄒᆞ옵신니 황공감ᄉᆞ

ᄒᆞ와니다 ᄒᆞ더라 잇ᄯᅵ 天子 죠정 벡관을 청ᄒᆞ여 제일 놉픈 봉의 올나 귀경

ᄎᆞ로 ᄒᆞ교ᄒᆞ신니 각쇡 풍유 빅셜ᄒᆞ고 만죠 벡관을 다리고 졔일 봉으로 귀

경ᄒᆞ신니 長安니 진동ᄒᆞ더라 졔일봉의 올나 딕연을 빅셜할 졔 풍악

으로 질기시더라 잇ᄯᅵ의 옥경 션관니 항ᄉᆞᆼ 제일봉의 노던니 황졔 그동 ᄒᆞ

신는 양을 보고 션관니 급피 올너갈 제 옥져와 탄금을 버리고 갓는지라 잇ᄯᅵ

"승상께서 이렇게까지 후대하시니 황공하고 감사합니다."
하더라.

이때 천자가 조정의 백관들을 청하여 제일봉에 올라 구경하자고 하셨다. 갖가지 풍류를 배설하고 만조백관을 데리고 제일봉으로 구경 가시니 장안이 진동하였다. 제일봉에 올라 큰 잔치를 배설하고 풍악을 울려 즐기시더라. 이때 옥경의 선관이 항상 제일봉에 와서 놀았는데 황제가 거동하시는 것을 보고 선관이 급히 올라가느라 옥저와 거문고를 버리고 가게 되었다.

7 – 앞1

의 쥬 할님니 그 옥져 탄금을 보고 즉시 天子 前의 밧친ᄃᆡ 天子 보시고 어로만지

시며 曰 이것시 무엇신야 世上의는 읍난 거시로다 ᄒᆞ시고 만죠ᄇᆡᆨ관을 불너

아라드리라 ᄒᆞ시되 ᄇᆡᆨ관니 아모리 알나ᄒᆞᆫ덜 옥경선관의 보ᄇᆡ라 읏지 알니

요 天子 쥬봉을 도라보시며 曰 경은 아는다 ᄒᆞ신니 쥬봉니 복지 쥬曰 옥져는

장양[18]니 계명순의 올나 八千兵 흣던 옥져요 탄금은 션관[19]니 八仙女 희롱ᄒᆞ

던 탄금니로소이다 天子 젼교ᄒᆞᄉᆞ 경등은 다각각 부러보라 ᄒᆞ신ᄃᆡ ᄇᆡᆨ관

이때 주 한림이 그 옥저와 거문고를 보고 즉시 천자께 바치니, 천자께서 보시고 어루만지며 물으셨다.

"이것이 무엇이냐? 세상에는 없는 것이로구나."

하시고, 만조백관을 불러 알아보도록 하시니 백관들이 아무리 알고자 한들 옥경의 선관이 가졌던 보배라 어찌 알겠는가. 천자께서 주봉을 돌아보시며 말씀하시길

"경(卿)은 아는가?"

하시니 주봉이 엎드려 아뢰었다.

"옥저는 장량이 계명산에 올라 팔천 병사를 흩었던 옥저이고, 거문고는 선관이 팔선녀를 희롱하던 거문고이옵니다."

천자께서 명령하시기를

"경(卿)들은 다 각각 불어 보라."

7 – 앞2

이 아모리 불야훈덜 닙만 압풀 뿐니요 소릭 읍시되 쥬봉니 층명ᄒᆞ고 옥

져는 닙의 물고 탄금은 손의 들고 희롱ᄒᆞ니 옥져소릭는 山川草木니 츔

츄는 듯ᄒᆞ고 탄금 소릭는 왼갓 김싱니 노릭ᄒᆞ는 듯 ᄒᆞ더라 天子 쥬봉의 손

을 잡으시고 못닉 ᄉᆞ랑ᄒᆞ시며 벼살을 슈품ᄒᆞ되 참의참관과 틱학ᄉᆞ와 겸

각도 안찰어ᄉᆞ을 졔슈ᄒᆞ시며 쥬홍딕ᄌᆞ로 ᄉᆞ명긔[20]을 씨시고 니날 天子

환궁ᄒᆞ시더라 그후로는 죠정 권세 一國의 진동ᄒᆞ더라 닛ᄯᆡ 니승지

하시니 백관들이 아무리 불려고 해도 입만 아플 뿐 소리가 나지 않았다. 그런데 주봉이 명령을 받자와 옥저는 입에 물고 거문고는 손에 들고 희롱하듯 연주하니 옥저 소리는 산천의 초목이 춤추는 듯하고 거문고 타는 소리는 온갖 짐승이 노래하는 듯하였다. 천자께서 주봉의 손을 잡으시고 못내 사랑하시며 벼슬을 내리시되 참의참관과 태학사와 겸 각도 안찰어사를 제수하시며 주홍의 큰 글씨로 사명기(司命旗)를 써 주시고 천자께서 환궁하셨다. 그 후로는 조정에서의 권세가 전국에서 진동하더라. 이때 이 승지의

7 – 뒤1

맛ᄉᆞ외가 할님으로 ᄒᆡ평 도ᄉᆞ을 보닌 제 님의 七年이 되엇씨되 소식니 돈졀

ᄒᆞᆫ지라 崔할님은 쥬봉의 동셔라 닛ᄯᅴ 죠졍 ᄇᆡᆨ관니 모되여 의논 ᄒᆞ되 쥬봉

니 죠졍 권셰을 져 혼져 ᄎᆞ지 ᄒᆞ엿신니 우리는 무ᄉᆞᆷ 벼술ᄒᆞ리요 ᄒᆞ며 쥬봉

을 원망ᄒᆞ더라 닛ᄯᅴ 좌승승ᄒᆞ던 유졍ᄒᆞᆫ니라 ᄒᆞ는 놈니 ᄒᆞᆫ 모ᄎᆡᆨ을 ᄉᆡᆼ

각ᄒᆞ고 탑젼의 드러가 쥬달ᄒᆞ되 듯ᄉᆞ온니 ᄒᆡ평 도ᄉᆞ을 보닌 제 여러 ᄒᆡ 되

야씨되 지우금[21] 소식니 읍삽던니 듯사온니 ᄒᆡ평 도ᄉᆞ 간놈덜니 닐심

동역ᄒᆞ여 ᄌᆞ충 王니라 ᄒᆞ고 작당ᄒᆞ여 연습 죠련ᄒᆞ다 ᄒᆞ온니 國家의 大患

니 밋칠가 ᄒᆞ온니 陛下난 집피 ᄉᆡᆼ각ᄒᆞ옵소셔 ᄒᆞᆫᄃᆡ 천자 크게 근심ᄒᆞ여 曰

만사위가 한림으로 해평 도사를 간 지 이미 칠 년이 되었으되 소식이 완전히 끊어진지라. 최 한림은 주봉의 동서였다. 이때 조정 백관이 모여 의논하되

"주봉이 조정 권세를 자기 혼자 차지하였으니 우리는 무슨 벼슬을 하겠는가?"

하며 주봉을 원망하였다. 이때 좌승상 하던 유정한이라 하는 놈이 한 묘책을 생각하고 황제께 나아가 아뢰기를

"듣사오니 해평 도사를 보낸 지 여러 해가 되었으나 지금까지 소식이 없습니다. 들어보오니 해평 도사로 간 놈들이 일심으로 힘을 합쳐 스스로 왕이라 칭하고 작당하여 연습하고 군사 훈련을 한다고 하옵니다. 이들이 국가에 큰 환란을 일으킬까 하오니 폐하께서는 깊이 생각하옵소서."

하니 천자가 크게 근심하여 말하였다.

7 – 뒤2

짐도 고니 아라던니 과연 그러훈듯 십부도다 ᄒᆞ시고 전교 曰 文武 諸臣中

의 츙셩과 장약 닛는 ᄉᆞ람을 갈희여 보ᄂᆡ라 ᄒᆞ신ᄃᆡ 유졍한이 슉비ᄒᆞ고

나와 ᄇᆡᆨ관으로 더부러 의논ᄒᆞ되 우리는 벼술을 쥬봉의게 다 잉닌고로 할

벼살니 읍신니 졀통ᄒᆞ고 ᄋᆡ달ᄯᅩ다 ᄒᆞ고 쥬봉을 ᄒᆡ평 도ᄉᆞ을 보ᄂᆡ야 죠흘

“짐도 괴이하다 여겼었는데, 과연 그런 듯싶구나.”

하시고 명령하여 가로되

“문무 여러 신하들 중에 충성심이 높고 능력 있는 사람을 가리어 보내도록 하라.”

하셨다. 그러니 유정한이 삼가 절을 올리고 나와서는 백관들과 함께 의논하되

“우리는 벼슬을 주봉에게 다 빼앗겨 할 벼슬이 없으니 원통하고 애달프구나.”

하였다. 그러고는

‘주봉을 해평 도사로 보내야 좋을

8-앞1

듯ᄒᆞ다 ᄒᆞ고 닛튼날 ᄇᆡᆨ관니 궐ᄂᆡ의 드러가 쥬달ᄒᆞ되 ᄒᆡ평 골리 역젹니

도야 모다 난을 지여 不久의[22] 長安을 범ᄒᆞᆫ다 ᄒᆞ온니 신 등 소견의는 츙

절과 장약 닛는 ᄉᆞ람은 시방 승상 쥬봉만 ᄒᆞᆫ ᄉᆞ람니 업ᄉᆞ온니 쥬봉

을 보ᄂᆡ여야 그 도젹을 잡고 ᄇᆡᆨ셩을 살니고 법을 가라쳐 太平 승ᄃᆡ로

지ᄂᆡ올가 ᄒᆞ나니다 ᄒᆞ고 합쥬ᄒᆞ거날 天子 니윽키 ᄉᆡᆼ각ᄒᆞ시다가 셔

안을 치며 曰 쥬봉 안니면 보ᄂᆡᆯ 신ᄒᆞ 읍관ᄃᆡ 굿ᄐᆡ야 쥬봉을 쳔거ᄒᆞ

는다 제 ᄋᆡ비 ᄒᆡ평 도ᄉᆞ로 ᄒᆞ야금 쥭거거던 무슴 원슈로 그런 즁지의 미거

ᄒᆞᆫ[23] ᄉᆞ람을 보ᄂᆡ려 ᄒᆞ는다 ᄒᆞ신ᄃᆡ ᄇᆡᆨ관니 다시 복지 쥬曰 쥬

봉의 ᄋᆡ비는 皇命

듯하다.'

하고서는 이튿날 백관들이 궐내에 들어가 아뢰기를

"해평 골이 역적이 되어 모두 난을 일으켜 머지않아 장안을 범할 것이라 하옵니다. 저희 신하들의 소견에는 충절과 능력이 있는 사람은 지금으로서는 승상 주봉만한 사람이 없사오니, 주봉을 보내어야 그 도적을 잡고 백성을 살리고 법을 가르쳐 태평성대로 지낼까 하나이다."

하고 모두 같은 소리로 아뢰니, 천자께서 깊이 생각하시다가 책상을 치며 말씀하셨다.

"주봉이 아니면 보낼 신하가 없어서 구태여 주봉을 천거하는가? 제 아비도 해평 도사 자리로 인하여 죽었거든 무슨 원수가 되어 그런 중한 곳에 아직 어린 사람을 보내려 하는가?"

하시니, 백관들이 다시 엎드려 아뢴다.

8－앞2

을 밧자와 집의 도라가 ᄉᆞ약 ᄒᆞ여ᄊᆞ온니 읏지 忠臣이라 ᄒᆞ올릿가 쥬봉은 비

록 年少ᄒᆞ오나 용역24)과 지혜는 당금 쳔ᄒᆞ의 밋치 리 읍ᄉᆞ온니 복원 陛下

는 조고마ᄒᆞᆫ ᄉᆞ졍을 ᄉᆡᆼ각ᄒᆞ시고 ᄃᆡᄉᆞ을 그릇되게 ᄒᆞ신는잇가 만일 니 ᄉᆞ람

안니면 그 반젹을 잡을 ᄌᆡ 읍ᄉᆞ온니 뉘라셔 천하을 평졍ᄒᆞ오릿가

"주봉의 아비는 황제의 명령을 받고서도 집에 돌아가 사약을 먹고 죽었사오니 어찌 충신이라 하겠습니까? 주봉은 비록 나이가 어리오나 그 힘과 지혜는 지금 천하에서 따를 자가 없습니다. 그러하오니 엎드려 바라옵건대 폐하께서는 사사로운 정을 생각하시어 큰일을 그릇되게 하지 마옵소서. 만일 이 사람을 보내지 않으면 그 반역자들을 잡을 사람이 없사오니 어떤 누가 나서서 천하를 평정할 수 있겠습니까?"

8－뒤1

ᄒᆞ니 天子 더옥 노ᄒᆞᄉᆞ 다시 쥬봉으로 ᄎᆞᆫ거ᄒᆞᄂᆞᆫ ᄌᆡ 잇씨면 國法으로 원춤

ᄒᆞ리라 ᄒᆞ신ᄃᆡ ᄃᆡ신니 다시 고치 못ᄒᆞ고 물너 나와 쥬봉을 원망ᄒᆞ며 明日

죠회의 ᄒᆞᆫᄉᆞᄒᆞ고 고ᄒᆞ리라 ᄒᆞ고 졀치부심ᄒᆞ던니 닛튼날 죠회의 ᄇᆡᆨ관니

복지 쥬曰 陛下 一人을 ᄉᆞ랑ᄒᆞ시고 國事을 ᄉᆡᆼ각지 안니 ᄒᆞ옵신니 신 등은

죠정을 ᄒᆞ직ᄒᆞ고 山中의 드러가 밧가라 농부되여 歲月을 보ᄂᆡ고 쥭음만

갓지 못ᄒᆞ다 ᄒᆞ고 머리을 ᄯᅡᆼ의 두다리며 통곡ᄒᆞ거날 天子 落心ᄒᆞ여 두

로 ᄉᆡᆼ각ᄒᆞᄉᆞ 죠정 ᄃᆡ신니 다 山中으로 가랴 ᄒᆞ니 엇지 쥬봉만 밋고 國事을

의논ᄒᆞ리요 ᄒᆞ시고 千万 가지로 ᄉᆡᆼ각ᄒᆞ되 십벌지목[25]니라 무가ᄂᆡ히[26]라 ᄒᆞ

하니 천자께서는 더욱 노하셔서 다시 주봉을 천거하는 사람이 있으면 국법으로 벌하리라 하셨다. 그래서 신하들이 다시 고하지 못하고 물러 나와 주봉을 원망하며 다음 날 조회에서 죽기를 각오하고 고하리라 하며 절치부심(切齒腐心)하였다.

이튿날 조회에서 백관들이 엎드려 아뢰기를,

"폐하께서는 한 명만 사랑하시고 나라의 일을 생각하지 아니하시오니 저희 신하들은 조정을 하직하고 산중에 들어가 밭 가는 농부 되어 세월을 보내고 죽는 것만 같지 못합니다."

하고 머리를 땅에 두드리며 통곡하는 것이었다. 천자는 낙심하여 두루 생각하기를

'조정의 대신들이 모두 다 산중으로 가겠다고 하니 어찌 주봉만 믿고 나라의 일을 의논하겠는가?'

8-뒤2

시고 즉일의 쥬봉을 명초ᄒᆞ신니 쥬봉니 할님쇼의셔 國事을 의논

ᄒᆞ던니 千万뜻박게 天子 명쵸[27]ᄒᆞ신ᄃᆡ 즉시 궐ᄂᆡ의 드러가 복

지ᄒᆞᆫᄃᆡ 황

졔 가라ᄉᆞᄃᆡ ᄒᆡ평 도ᄉᆞ로 간 놈니 다 반ᄒᆞ야 ᄌᆞ충 왕니라 ᄒᆞ고

군ᄉᆞ을 모와 황셩

을 범ᄒᆞᆫ다 ᄒᆞ니 경의 슈고을 ᄉᆡᆼ각지 말고 ᄒᆞᆫ 번 가 반젹을 소멸

ᄒᆞ고 ᄇᆡᆨ셩

하시고 천만 가지로 고민해 보아도 십벌지목(十伐之木)이라, 어찌할 수 없겠구나 하시고 다음날 주봉을 부르셨다. 주봉이 한림소에서 나라의 일을 의논하고 있었는데, 천만뜻밖에 천자께서 부르시기에 즉시 궐내에 들어가 엎드렸다. 황제께서 말씀하시기를

"해평 도사로 간 놈들이 다 반역하여 스스로 칭하여 왕이라 하고 군사를 모아 황성을 범한다고 하니 경(卿)이 수고롭게 생각하지 말고 한 번 가서 역적들을 소멸하고 백성을

9-앞1

을 진무ᄒᆞ여 슈히 도라오면 쳔ᄒᆞ을 반분ᄒᆞ고 죠졍 ᄃᆡ소사을 ᄆᆡ기고 짐은

뒤나 볼거시이 슈히 단여오라 ᄒᆞ신ᄃᆡ 쥬봉이 다시 복지 쥬왈 젼교

니러 ᄒᆞ옵시니 슈화 즁인들 엇지 ᄉᆡ양ᄒᆞ올잇가 죠금도 ᄉᆞ쇡지 안니ᄒᆞ고 탑

젼의 ᄒᆞ직ᄒᆞᆫᄃᆡ 天子 쥬봉의 손을 ᄌᆞᆸ고 눈물을 먹금고 가라ᄉᆞᄃᆡ 누말니

즁지의 각별 죠심ᄒᆞ여 슈리 도라 오라 ᄒᆞ시고 으쥬[28] 삼ᄇᆡ을 권ᄒᆞ시며 거

ᄒᆡᆼ범졀을 ᄎᆞ리더라 할님니 집의 도라와 부인게 엿자오ᄃᆡ 皇帝 젼교ᄒᆞ시되 小子로 ᄒᆡ평 도ᄉᆞ을 졔슈ᄒᆞ옵신니 ᄒᆡ평 직노을 ᄉᆡᆼ각ᄒᆞ온니 五萬

五千 里 박기라 ᄒᆞᆫ번 가오면 다시 오기 쉽박기온니 母親은 萬萬歲 무양[29] ᄒᆞ옵

소셔 ᄒᆞ며 눈물리 비오듯 ᄒᆞᄂᆞᆫ지라 大夫人이 이 말을 듯고 가슴을 두다리며 쥬

봉의 숀을 잡고 긔졀ᄒᆞ거날 시비 옥염니 夫人을 붓들고 위로ᄒᆞ여 曰 夫人은

잘 다스리고 곧 돌아오라. 그리하면 천하를 반으로 나누고 조정의 대소사(大小事)를 맡기고 짐은 뒤에 물러서 있을 것이니 어서 바삐 다녀오라."

하시니 주봉이 다시 엎드려 아뢴다.

"황제의 명령이 이러 하시오니 물이나 불구덩이라 하더라도 어찌 사양하겠사옵니까?"

조금도 얼굴빛을 변하지 않고 황제께 하직하니 천자께서 주봉의 손을 잡고 눈물을 머금고 말씀하시기를

"수만 리 중한 곳으로 가는 것이니 각별히 조심하여 오래지 않아 돌아오라."

하시고 술 석 잔을 권하시며 예의와 법도를 차리더라.

한림이 집으로 돌아와 부인께 여쭈기를

"황제께서 명하셔서 소자(小子)에게 해평 도사를 제수하셨습니다. 해평으로 갈 길을 생각해 보오니 오만 오천 리 밖이라 한 번 가면 다시 오기가 꿈같이 머오니, 어머니께서는 만만세 건강하옵소서."

하며 눈물이 비 오듯 흐르는지라. 대부인이 이 말을 듣고 가슴을 두드리며 주봉의 손을 잡고 기절하거늘 시비 옥염이 부인을 붙들고 말하기를

9 – 앞2

넘무 슬어 마옵소셔 ᄉᆞ람의 명니 ᄒᆞ날의 닛ᄉᆞ온니 간ᄃᆡ로 쥭ᄉᆞ
올잇가

압손의 봄푸리 푸루거던 도라와 부인젼의 영화로 뵈올리다 ᄒᆞ고

"부인께서는 너무 슬퍼하지 마옵소서. 사람의 명이 하늘에 달려 있사오니 간다고 하여 죽겠사옵니까? 앞산의 봄풀이 푸른 빛을 띨 때쯤이면 돌아와 부인 앞에 영화롭게 뵙겠습니다." 하였다.

9 - 뒤1

하날님게 비러 曰 우리 승상님은 슈니 水路 四萬 四千 里와 陸路 五萬 五千

里을 슌식간의 단여오게 ᄒᆞ옵소서 ᄒᆞ며 슬피 운니 눈의셔 피가 나는지라 부

인니 게우 닌ᄉᆞ을 ᄎᆞ려 ᄒᆞᆫ 손으로 쥬봉을 즙고 ᄯᅩ ᄒᆞᆫ 손으로 면아리의 손을 즙

고 옥염을 도라보며 탄식 曰 옥염아 옥염아 ᄋᆡ기씨 닝틔 ᄒᆞ신 졔 三朔니라 부ᄃᆡ

부ᄃᆡ 잘 모시고 가거라 ᄒᆞ시는 소ᄅᆡ와 옥염니 비는 소ᄅᆡ의 天地 日月니 감동ᄒᆞ는

듯 ᄒᆞ더라 니날 쥬봉니 옥져와 탄금을 부닌젼의 드리고 曰 니 옥져 탄금

얼 小子 본다시 두고 보소셔 ᄒᆞ고 닌ᄒᆞ여 王夫人과 옥염을 다리고 母親 前의

그리고 하느님께 빌어 말하기를

"우리 승상님께서 어서 빨리 수로(水路) 사만 사천 리와 육로(陸路) 오만 오천 리를 순식간에 다녀오게 하옵소서."
하며 슬피 우니 눈에서 피가 나는지라. 부인이 겨우 정신을 차려 한 손으로 주봉을 잡고 또 한 손으로 며느리의 손을 잡고 옥염을 돌아보며 탄식하여 말하기를

"옥염아, 옥염아! 아기씨를 잉태하신 지 삼 개월이니라. 부디부디 잘 모시고 가거라."
하시는 소리와 옥염이 비는 소리에 천지와 일월이 감동하는 듯하더라.

이날 주봉이 옥저와 거문고를 부인께 드리고 말하기를

"이 옥저와 거문고를 소자(小子) 보는 듯이 두고 보소서."

9－뒤2

ᄒᆞ직ᄒᆞ고 궐ᄂᆡ의 드러가 탑젼의 ᄒᆞ직ᄒᆞ고 나온니 만죠ᄇᆡᆨ관니 거짓 슬어

ᄒᆞ며 젼송ᄒᆞ더라 닛ᄯᆡ 天子 위의을 갓쵸와 五馬大[30]로 나와 젼숑ᄒᆞ시고 골

골리 젹기ᄒᆞ며[31] 거리거리 지정ᄒᆞ니 억죠창ᄉᆡᆼ니 닷토와 귀경ᄒᆞ더라 여러 날 만

의 陸路 四万 四千 里을 지ᄂᆡ고 水路을 당ᄒᆞ여ᄂᆞᆫ지라 닛ᄯᆡᄂᆞᆫ 맛참 秋七月 望

間니라 ᄉᆞ공을 ᄌᆡ촉ᄒᆞ여 ᄇᆡ을 타고 갈 졔 강풍은 소소ᄒᆞ고 추월은 양명ᄒᆞᆫ데

하였다. 그리고 왕 부인과 옥염을 데리고 어머니께 하직하고 궐내에 들어가 황제께 하직하고 나오니 만조백관이 거짓으로 슬퍼하며 전송하더라. 이때 천자가 위엄과 예의를 갖추어 나와 전송하시고 고을고을마다 붉은 글씨로 거리거리 지정하니 수많은 백성들이 다투어 구경하였더라. 여러 날 만에 육로(陸路) 사만사천 리를 다 지나고 수로(水路)를 만났다. 이때는 마침 추칠월(秋七月) 망간(望間)이었다. 사공을 재촉하여 배를 타고 가는데 강바람은 소소하고 가을 달은 환하게 밝았다.

영ᄌᆞ는 쇠을 가지고 션두의 서서 동서남북을 가리고 ᄇᆡ 안의서
는 쳔ᄒᆞ
지도을 가지고 천문 순풍을 좃ᄎᆞ 주야로 가든니 소상강 칠ᄇᆡᆨ 니와 무
산 십이봉이 눈의 얼풋 뵈이거놀 ᄉᆞ공을 불너 문왈 이 ᄒᆡ중은 어
ᄃᆡ미요 ᄉᆞ공이 ᄃᆡ왈 월낙서순[32] ᄒᆡ ᄯᅥ려지고 고소셩 ᄒᆞᆫ순ᄉᆞ[33]
근방이로소
이ᄃᆞ ᄒᆞ거놀 마음이 비충ᄒᆞ여 좌우 江山을 둘너보니 순은 첩첩만
학[34]을 가리왓고 물언 출넝 구비되여 정신이 홋터지더라 천만ᄯᅳᆺ
박게 ᄃᆡ풍이 이러ᄂᆞ며 만경ᄎᆞᆼ파 진동ᄒᆞ며 수적 중취경이 비션 ᄇᆡᆨ
여최을 모라 ᄒᆡ중 ᄉᆞ면을 에워ᄊᆞ며 호통을 벽역갓치 지르며 달여
들어 ᄒᆞ인 숨십여 명을 다 죽여 물에 밀치고 쥬봉을 쇠ᄉᆞ실노 왼
몸을 동여 ᄇᆡᄶᅡᆼ 안에 업처 노코 굴노 ᄉᆞ령을 호령ᄒᆞ여 ᄒᆞᆫ도로
쥬봉에
목을 베이라 ᄒᆞ는 소ᄅᆡ 만경ᄎᆞᆼ파 뒤놉난 듯ᄒᆞ며 일월이 무광
ᄒᆞ더라 ᄉᆞ령이 칼을 들고 달여들어 치랴 ᄒᆞ니 칼 든 팔이 불러

영좌(領座)는 쇠를 가지고 선두에 서서 동서남북(東西南北)을 가리키고 배 안에서는 천하의 지도를 가지고 천문의 순풍을 좇아 밤낮으로 가더니 소상강(瀟湘江) 칠백 리와 무산(巫山) 십이 봉이 눈에 얼핏 보이거늘 사공을 불러 묻는다.

"이 바다는 어디쯤인가?"

사공이 대답하여 말하기를

"월락서산(月落西山) 해 떨어지고 고소성 한산사 부근이로소이다."

하거늘 마음이 비창하여 좌우 강산을 둘러보니 산은 첩첩만학(疊疊萬壑)을 가리고 물은 출렁 구비가 되어 정신이 흩어지는 것 같았다. 천만뜻밖에 큰 바람이 일어나며 만경창파(萬頃蒼波)가 진동하며 수적(水賊) 장취경이 비선(飛船) 백여 척을 몰아 바다에서 사면을 에워싸며 호통을 벽력같이 지르며 달려들었다. 그러고는 하인 삼십여 명을 다 죽여 물에 밀치고 주봉의 온몸을 쇠사슬로 동여 배 밑바닥에 엎쳐 놓고 군노(軍奴) 사령을 호령하여 큰 칼로 주봉의 목을 베라 하는 소리 만경창파(萬頃蒼波) 뒤로 넘는 듯하니 일월(日月)이 무광(無光)하더라. 사령이 칼을 들고 달려들어 치려 하니 칼 든 팔이 부러져

10 – 뒤1

져 海中의 ᄯᅥ러지ᄂᆞᆫ지라 ᄯᅩ ᄒᆞᆫ ᄉᆞ령을 직쵹ᄒᆞ여 치라 ᄒᆞ니 ᄉᆞ령니 달여든

니 ᄯᅩ 칼 든 팔니 부러져 海中의 ᄯᅥ러지ᄂᆞᆫ지라 잇ᄯᅴ의 夫人과 옥염니 그 그동을

보고 ᄎᆞ라리 먼져 물의 ᄲᅡ져 죽고져 ᄒᆞ되 ᄇᆡᄶᅡᆼ 안의 ᄂᆡᆺ기로 님으로 못ᄒᆞᄂᆞᆫ지라

옥염니 창졸[35]의 ᄉᆡᆼ각ᄒᆞ되 부닌니 중츙 ᄋᆡ기 ᄇᆡᆫ 졔 九朔이라 가만니 ᄂᆞ와

정ᄒᆞᆫ슈 ᄯᅥ다 녹코 하날임게 비러 曰 남ᄌᆞ여든 좌편의 놀고 여ᄌᆞ여던 우편의

놀소셔 ᄒᆞᆫᄃᆡ 그 아기 좌편의셔 셰 번 분명니 놀거날 옥염니 夫人을 붓들고 가만

니 위로 曰 ᄋᆡ기 좌편의셔 시 번 논니 남ᄌᆞ 분명ᄒᆞ온니 부인은 ᄂᆡ 말을 드르쇼셔

바다 가운데 떨어져 버렸다. 또 한 사령을 재촉하여 치라 하니 사령이 달려들었으나 또 칼을 든 팔이 부러져 바다 가운데 떨어지는지라. 이때 부인과 옥염이 그 거동을 보고 차라리 먼저 물에 빠져 죽고자 하나 배 밑바닥에 있기에 마음대로 못하고 있었다. 옥염이 다급히 생각해 보니 부인이 이제 아기를 밴 지 아홉 달이라. 가만히 나와서 정화수를 떠다 놓고 하느님께 빌어 말하기를

"남자아이면 왼편으로 놀고, 여자아이면 오른편으로 노소서." 하니 아기가 왼편에서 세 번 분명히 놀거늘 옥염이 부인을 붙들고 가만히 위로한다.

"아기가 왼편에서 세 번 노니 남자아이가 분명하옵니다. 부인께서는 제 말을 들어주소서.

10 – 뒤2

니졔 부닌니 죽ᄉᆞ오면 복즁의 든 ᄋᆡ기도 죽을 거시오며 ᄯᅩ 소비
도 죽ᄉᆞ올 거

시요 ᄯᅩᄒᆞᆫ 셔방님도 죽ᄉᆞ올 ᄶᅢ신니 뉘라셔 원슈 갑푸며 大夫人
을 웃지 ᄒᆞ올

잇가 ᄒᆞ며 중취경의 압페 ᄂᆞ가 복지 ᄋᆡ걸ᄒᆞ되 굿틔여 우리 셔방
님의 목을

베니랴 ᄒᆞ신ᄂᆞᆫ닛가 동인 거시ᄂᆞ 글너 녹코 신체ᄂᆞ 온젼니 죽기
시면 우리 夫人은

將軍임 쳡니 되고 소비ᄂᆞᆫ 將軍님 물쫑니나 되여 百年同樂ᄒᆞ오
면 그 안니

이제 부인께서 돌아가시면 뱃속에 든 아기도 죽을 것이오며 또 한 저도 죽을 것이오. 뿐만 아니라 서방님께서도 돌아가실 것이니 누가 원수를 갚으며 대부인을 어찌하겠습니까?"
하며 장취경의 앞에 나가 엎드려 애걸하되

"구태여 우리 서방님의 목을 베려 하시나이까? 몸에 동인 것이나 끌러 놓아 신체를 온전히 하여 죽이시면 우리 부인께서는 장군님의 첩이 되고 저는 장군님의 몸종이나 되어 백년동락(百年同樂)하면 그 아니

11 – 앞1

정분닌가 비는이다 비는이다 將軍님 前의 비는이다 ᄒᆞ날님 젼의 비는이다 우리 셔
방님 살여 쥬오 비는 소릐 天地도 감동ᄒᆞ고 귀신도 감동ᄒᆞ는 듯ᄒᆞ거던 슈젹
취경니 아모리 도젹닌덜 木石니 안니여던 읏지 감동치 안니ᄒᆞ리요 취경니
夫人을 쳡 숨기을 ᄉᆡᆼ각ᄒᆞ고 朱鳳의 동닌 것셜 글너 만경ᄎᆼ파 집푼 물의
풍덩실 ᄂᆡ친니 잇ᄯᆡ 용왕니 거북을 보ᄂᆡ여 등의 업고 만경ᄎᆼ파의 살갓치 ᄲᆞᆯ이 ᄂᆡ친니 닛ᄯᆡ의 옥경 션관니 玉皇上帝게 급피 아뢰되 당날라 南
天門 박게 ᄉᆞ는 쥬 승ᄉᆼ의 아들 쥬봉니 ᄒᆡ평 도ᄉᆞ로 가다가 슈젹 장취경
을 만ᄂᆞ 지금 물의 ᄲᆞ져 죽게 되여 ᄊᆞ온니 급피 구ᄒᆞ옵소셔 ᄒᆞ니 上帝 즉
시 日光 ᄃᆡᄉᆞ을 불너 분부ᄒᆞ신니 ᄃᆡᄉᆞ 명을 듯고 육환장을 것더 집고 무
지기로 다리 노와 나려와 육환장으로 쥬봉을 ᄒᆡ평 ᄯᅡ의 건져 녹코 曰 니 ᄯᅡᆼ의

정분입니까? 비나이다. 비나이다. 장군님 앞에 비나이다. 하느님 앞에 비나이다. 우리 서방님 살려 주옵소서."

하고 비는 소리에 천지도 감동하고 귀신도 감동하는 듯하니 수적(水賊)이 아무리 도적이라 하여도 목석이 아니면 어찌 감동하지 않을 수 있겠는가? 취경이 부인을 첩으로 삼기를 생각하고 주봉의 동인 것을 끌러 놓고 만경창파(萬頃蒼波) 깊은 물에 풍덩 내치니 이때 용왕이 거북을 보내어 등에 업고 만경창파(萬頃蒼波)에 살같이 빨리 내달린다. 이때에 옥경의 선관이 옥황상제께 급히 아뢰기를

"당나라 남천문 밖에 사는 주 승상의 아들 주봉이 해평 도사로 가다가 수적(水賊) 장취경을 만나 지금 물에 빠져 죽게 되었사오니 빨리 구해 주소서."

하니 옥황상제께서 즉시 일광 대사를 불러 분부하신다. 일광 대사가 옥황상제의 명을 듣고 육환장을 걷어잡고 무지개로 다리를 놓아 내려와서는 육환장으로 주봉을 해평 땅에 건져 놓고 말한다.

11 – 앞2

셔 十七 年을 비러 먹으면 ᄌᆞ연 원슈도 갑고 영화도 볼거신니 죠히 닛씨라

ᄒᆞ고 문득 간 ᄃᆡ 업ᄂᆞᆫ지라 닛ᄯᅴ 부닌니 낭군님 물의 ᄲᅡ짐을 보고

"이 땅에서 십칠 년을 구걸하며 살다 보면 자연히 원수도 갚고 영화로운 날도 맞이할 것이니 잘 있으라."

이렇게 말하고는 문득 간 데 없는지라. 이때 부인이 자신의 남편이 물에 빠지는 것을 보고

11 – 뒤1

가슴을 두다리며 물의 ᄯᅮ여 들고져 ᄒᆞ거날 옥염니 ᄂᆡ다려 夫人을 안고

궁글며 비러 曰 우리 부닌님 살여 쥬옵소셔 ᄒᆞ며 ᄒᆞ날님게 비러 曰 비ᄂᆞᆫ니다

비ᄂᆞᆫ니다 졔발 덕분 살여 쥬옵소셔 ᄒᆞ며 슬피 운니 山川草木과 도척니 안

니여던 웃지 슬러ᄒᆞ지 안니ᄒᆞ리요 니날 장취경니 부닌과 옥염을 다리고

졔 집으로 라간니라 옛젹의 옥염니 취경의 집의 가 살펴본니 십여 부닌니

낫ᄂᆞᆫ지라 옥염니 문曰 여러 부닌 계옵셔 무슴 연고로 니고ᄃᆡ 계신잇가 모든 부닌

니 니로ᄃᆡ 우리도 ᄒᆡ평 도ᄉᆞ로 오다가 가군을 도젹 장취경의게 쥭기고 청승ᄒᆞᆫ

모진 목슘니 쥭지 못ᄒᆞ고 낫ᄯᅢᄭᅡ지 ᄉᆞ랏노라 ᄒᆞ고 통곡ᄒᆞ거날 다시 살펴본

니 우리 부닌 형님니 부닌 동ᄉᆡᆼ 간의 셔로 붓들고 울며 스러ᄒᆞᄂᆞᆫ지라 장취경

가슴을 두드리며 물에 뛰어 들고자 하거늘 옥염이 뛰어가 부인을 안고 뒹굴며 하늘에 빈다.

"우리 부인님 제발 살려 주옵소서."

하며 하느님께 빈다.

"비나이다. 비나이다. 제발 은혜를 베풀어 살려 주옵소서."

하며 슬피 우니 산천초목(山川草木)이 함께 운다. 악인이 아니면 어찌 슬퍼하지 아니하겠는고. 이날 장취경이 부인과 옥염을 데리고 저의 집으로 돌아갔다. 이때 옥염이가 장취경의 집에 가서 살펴보니 십여 명의 부인이 있는지라. 옥염이 그 부인들에게 묻는다.

"여러 부인께옵서 무슨 연고로 이곳에 계시는 것입니까?"

거기 있던 모든 부인들이 말하기를

"우리도 해평 도사로 오다가 남편이 도적 장취경에게 죽임을 당하고 처량한 모진 목숨으로 죽지도 못하고 이때까지 살았노라."

하고 통곡한다. 옥염이 다시 살펴보니 자신이 모시는 부인이 형님 동생 하며 서로 붙들고 울며 슬퍼하고 있는지라.

11 – 뒤2

니란 놈니 부닌을 싱각ᄒᆞ고 방으로 드러오거날 옥염니 춰경을 다리고 曰 장군님
은 드러소셔 우리 부닌님은 션보름은 경우가 읍삽고 홋보름은 경우가

장취경이라는 놈은 부인을 생각하고 방으로 들어오니, 옥염이 취경을 데리고 나가 말한다.

"장군님께서는 들어 보옵소서. 우리 부인님께서는 앞의 보름 동안은 월경이 없고, 뒤의 보름은 월경이

12－앞

잇ᄉᆞ온니 훗날닌덜 못 ᄒᆞ올잇가 ᄒᆞᆫᄃᆡ 취경니 옥염의 말을 듯고
물너간니라 닛ᄯᆡ 옥염니 도망할 계교을 ᄉᆡᆼ각ᄒᆞ고 십여 부닌과
의논ᄒᆞ

니 십여 부닌 曰 아모리 도망ᄒᆞ려 ᄒᆞᆫ덜 千里馬 닛고 안져 萬里
박계 일을

알고 ᄯᅩ 東西南北의 직키는 군ᄉᆞ 잇씨니 비호라도 도망할 길
이 읍신니 읏

지ᄒᆞ리요 옥염니 ᄉᆡᆼ각ᄒᆞ되 군ᄉᆞ의 군복을 입고 도망ᄒᆞ리라 ᄒᆞ고 즐
입[36]과 군복을 어더 남복으로 ᄉᆞ밀졔 안흘닙 즐입[37]의 미화ᄉᆡᆫ
니며 황나[38]

쾨ᄌᆞ[39] 당ᄉᆞ[40]쥴을 빗기 ᄎᆞ고 손의 숌 쳑 창금[41]을 들고 육날
미투리[42]을 신고 월

침침야 숌경의 나는 다시 ᄂᆡ다른니 문 지키는 군ᄉᆞ 졔의 동간
닌 쥴 알고 금

치 안니ᄒᆞ더라 부인과 옥염니 문 박게 ᄂᆡ다라 월침침야 숌경의
업더지며

잡ᄲᅡ지며 밤ᄉᆡ도록 졔오 八十 里을 ᄒᆡᆼᄒᆞ여더라 닛ᄯᆡ은 月落西
山[43] ᄒᆞ고

닐츌동[44] 영사[45]의 강ᄯᅡ의 다달나 四方을 둘너본니 순은 쳡쳡천봉

있으니, 다음에 날을 잡은들 무슨 상관이 있겠습니까?"
하니, 장취경이 옥염의 말을 듣고 물러간다. 이때 옥염이가 도망할 계교를 생각하고 십여 부인과 의논하니, 십여 부인들이 말하기를

"아무리 도망하려고 한들 천리마(千里馬)가 있는데다가 만(萬) 리 밖의 일도 앉아서 알고, 또 동서남북에서 지키는 군사가 있으니 나는 듯 빠른 호랑이라도 도망할 방법이 없으니 어찌 하겠습니까?"

옥염이 생각하기를 '군사들이 입는 군복을 입고 도망해야겠다.' 하고 전립과 군복을 구해서 남자 복장으로 꾸민다. 안올림 벙거지에 매화로 만든 끈을 매고, 명주로 만든 덧옷에 명주실로 만든 줄을 비스듬히 차고서는 손에 삼 척이나 되는 창과 검을 들고 여섯 가닥 실로 만든 미투리를 신었다. 그러고서는 달도 깊어 가는 어두운 한밤중에 나는 듯이 내다르니 문 지키고 있던 군사는 저와 같은 편인 줄 알고 금하지도 않는구나. 부인과 옥염이가 문 밖으로 나가서는 내달리기를 달 깊은 한밤중에 엎어지며 자빠지며 밤새도록 하니 겨우 팔십 리를 갔더라. 이때 달은 서쪽으로 지고, 해는 동쪽으로 지는 밤 열두 시 즈음에 강가에 이르러서 사방을 둘러보니 산은 수많은 봉우리들에 첩첩으로 쌓여 있고

12 - 뒤

니요 물식은 창천46) 흔듸 날은 싀고 ᄉᆞ제 급박ᄒᆞ거날 옥염니 부닌을
다리고 강ᄡᅡ의 안ᄌᆞ 울며 曰 ᄉᆞ제 급ᄒᆞ온니 부닌은 밧비 군복
을 버셔 녹코
급피 도망ᄒᆞ소셔 소비넌 쥭어도 악갑지 안니ᄒᆞ온니 夫人은 千
金갓튼 몸을
보죤ᄒᆞ여 복즁의 든 ᄋᆡ기을 나흐ᄉᆞ 귀히 길너 장셩ᄒᆞ옵거든 원
슈을 갑
고 영화로 지ᄂᆡ옵소셔 ᄒᆞ며 부닌을 위로ᄒᆞ니 부닌니 옥염을 안고 낫
철 흔듸 ᄃᆡ니고 울며 曰 옥염아 너 쥭으면 나도 쥭고 나 쥭으면
복즁의
든 ᄋᆡ기도 어미을 ᄯᅡ라 쥭으리라 ᄒᆞ며 긔절ᄒᆞ니 옥염니 ᄃᆡ曰
ᄉᆞ제 급ᄒᆞ
ᄒᆞ온니 부닌언 이졔 군복과 신을 버셔 두고 가소셔 소비는 여
긔 닛다가 도
젹 장취경니 오거던 부닌은 먼져 ᄲᅡ져 쥭은 양으로 니르고 진
욕니나
ᄒᆞ고 쥭을 거신니 부닌은 급피 환을 피ᄒᆞ옵소셔 ᄒᆞ며 군복을 벅기
니 부닌니 정ᄂᆡ 닐을 싱각ᄒᆞ고 군복을 버셔 녹코 옥염을 바리고 ᄯᅥ날

물색은 맑아 푸르디 푸르구나. 날은 새고, 일은 급박하게만 느껴지니 옥염이 부인을 데리고 강가에 앉아 울며 말한다.

"상황이 급하오니 부인께서는 어서 빨리 군복을 벗어 놓고 급히 도망하소서. 저는 죽어도 아깝지 아니하오니 부인께서는 천금같이 귀하신 몸을 지키시어 뱃속에 든 아기를 낳으시고 귀하게 길러 크면 원수를 갚아 영화롭게 지내옵소서."

하며 부인을 위로하니 부인이 옥염을 안고 얼굴을 한데 부비고 울며 말한다.

"옥염아, 너 죽으면 나도 죽고 나 죽으면 뱃속에 든 아기도 어미 따라 죽을 것이다."

하며 기절하니 옥염이 대답하여 말하기를

"상황이 급하오니 부인께서는 이제 군복과 신발을 벗어 두고 가소서. 저는 여기 있다가 도적 장취경이 오면 부인께서 먼저 물에 빠져 죽은 것처럼 이르고 이 치욕을 조금이라도 씻고 죽을 것이니 부인께서는 급히 환난을 피하옵소서."

하며 군복을 벗긴다. 부인은 앞으로의 일을 생각하고 어쩔 수 없이 군복을 벗어 놓고 옥염을 버리고 떠나며

13-앞

싀 옥염을 도라보며 曰 옥염아 옥염아 우리 싱젼의는 못 보리로
다 죽어 황쳔

의는 다시 보ᄌ ᄒ고 셔로 눈물노 리별할 제 ᄒ 거름의 두졔
번 도라보

며 만쳡순즁[47]의 긔염긔염 올나간니 순은 쳡쳡쳔봉이요 물은 잔
잔 간슈[48]되여 폭포슈 ᄹ러지고 층암졀벽은 반공[49]의 웃ᄯᅮᆨ웃
ᄯᅮᆨ 소ᄉ

는ᄃ 잉무 공죽이 ᄭ봉 속의 희롱ᄒ니 진짓 별유쳔지비인간[50]
니라 몸을 감쵸고 바라본니 장취경의 거동보소 즁충ᄃ금[51]을 들
고 호통을 벽역갓치 지르며 오는 거동을 볼작시면 젼국젹 시졀닌
가 풍치도 요란ᄒ다 쵸훈젹 시졀린가 살긔는 무삼닐고 홍문
연 존칠넌가 칼츔은 무삼닐고[52] 옥염니 웨여 曰 니놈 장취경
아 네 드르라 너는 ᄒ날도 두렵지 안니훈야 빙셜갓튼 우리

옥염을 돌아보며 말한다.

"옥염아, 옥염아. 우리가 이제 살아서는 못 보겠구나. 죽어서 황천에서나 다시 보자."

하고 서로 눈물로 이별하는데, 한 걸음에 두세 번 돌아보며 만첩산중으로 기엄기엄 올라간다. 산은 첩첩으로 쌓여 수많은 봉우리들로 가득하고, 물은 잔잔하게 골짜기로 흐르다가 폭포수 되어 떨어지고, 층암절벽은 하늘과 땅 사이에 우뚝우뚝 솟았는데, 앵무새와 공작새가 꽃 봉우리 속에서 희롱하니 마치 인간 세상이 아닌 신선 세계에 들어온 것 같더라.

부인이 몸을 감추고 바라보니 장취경의 거동보소. 기다란 창과 큰 칼을 들고서는 호통을 벽력같이 지르며 오는 거동을 볼 것 같으면 전국 시대인가? 풍채도 요란하구나. 초한 시절인가? 저 살기(殺氣)는 무슨 일인고? 이때 옥염이 외쳐 말한다.

"이놈, 장취경아! 너 들어라! 너는 하늘도 두렵지 아니하냐? 빙설(氷雪) 같은 우리

13–뒤

부닌니 엇지 도적놈의 말을 드르시며 닏덜 엇지 네 집 죵니 되리요 우리 부인님은 네 얼골 다시 보랴 ᄒᆞ시고 지금 이 물의 ᄲᅡᄌᆞ 쥭고
나ᄂᆞᆫ 너을 지다려 그런 말노 욕니ᄂᆞ ᄒᆞ고 쥭으려 ᄒᆞ고 닛노라 ᄒᆞ며 쵸마을
무릅쓰고 만경충파 너른 물의 풍덩실 ᄲᅡ진니 잇ᄯᅴ 용왕니 거복을 명ᄒᆞ여 보ᄂᆡᄉᆞ 옥염을 등의 업고 용궁으로 드러간니라 닛ᄯᅴ의 징취경니 장칭ᄃᆡ금을 집고 강가의 셔셔 노ᄅᆡ을 불너 曰 슬푸도다 니 부닌 보고지고 네 쥭어 곡이 밥니 되단 말가 날 갓튼 군ᄌᆞ을 셤겨 百
年同樂ᄒᆞ면 근들 안니 연분닌가 모지도다 모지도다 지집의 마음 모지
도다 보고지고 보고지고 니 부닌 다시 ᄒᆞᆫ번 보고지고 니 부닌 고흔 얼골 니ᄉᆡᆼ
의셔 못보거던 지ᄒᆞ의 ᄒᆞᆫ번 다시 보고지고 ᄒᆞ르난니 물결니요 ᄯᅱ노ᄂᆞᆫ니 고기로다 소ᄅᆡ을 긋치고 집으로 도라간니라 잇ᄯᅴ의 부닌 할슈

부인님께서 어찌 도적놈의 말을 들을 것이며 난들 어찌 너의 집 종이 되겠는가? 우리 부인님께서는 네 얼굴 어찌 다시 보겠는가 하시고 지금 이 물에 빠져 돌아가시고, 나는 너를 기다려 그런 말로 욕이나 하고 죽으려 하고 기다리고 있었노라."

하며 치마를 뒤집어쓰고 만경창파(萬頃蒼波) 넓은 물에 풍덩실 빠진다. 이때 용왕이 거북에게 명하여 보내셔서 옥염을 등에 업고 용궁으로 들어가더라. 이때 장취경이 긴 창과 큰 칼을 짚고 강가에 서서 노래를 부른다.

"슬프구나! 이 부인 보고지고. 네가 죽어 고기밥이 된단 말인가? 나 같은 군자를 섬겨서 백년동락(百年同樂)하면 그 아니 연분인가? 모지도다. 모지도다. 여자 마음 모지도다! 보고지고, 보고지고. 이 부인 다시 한 번 보고지고. 이 부인 고운 얼굴 이 생에서 못 본다면 지하에서라도 다시 한 번 보고지고. 흐르나니 눈물이요, 뛰노나니 고기로구나!"

소리를 그치고 집으로 돌아가더라. 이때 부인이 할 수 없어

14-앞

읍셔 덤풀을 ᄯᅥ나 업ᄯᅥ지며 잡ᄲᅡ지며 만첩슨즁으로 드러간니 두견

식넌 실피 울고 계슈는 잔잔ᄒᆞᆫ듸 긔갈리 ᄌᆞ심ᄒᆞ여 길ᄯᅡ의 업ᄯᅥ져 긔절ᄒᆞ여는지라 닛ᄯᅴ의 영보손 칠보암의 닛는 여승 팔관 듸ᄉᆞ 맛춤 속가[53]의 갓다가 졀로 오던니 길 가운듸의 靑年 夫人니 긔절하여

거의 쥭게 되여거날 놀닉여 급피 슈건의 물을 뭇쳐다가 닙의 ᄶᅵ드린니 니윽ᄒᆞ여 회싱ᄒᆞ는지라 듸사 문曰 부닌은 어듸 계시며 무ᄉᆞᆷ 연고로 니 집푼 山中의 져러타시 곤곤ᄒᆞ신닛가 부닌니 졔우 닌ᄉᆞ을 ᄎᆞ

려 눈을 ᄯᅥ 본니 과연 여승니라 쇠잔ᄒᆞᆫ 말노 반가와 問曰 듸ᄉᆞ는 쥭게 된 닌싱을 살니소셔 어닉 졀의 게시며 예셔 졀리 을마ᄂᆞ 되는닛가 ᄒᆞᆫ듸 팔광 듸ᄉᆞ 위로 曰 소승은 영보손 칠보암의 닛습니 맛참 속가의 갓습다가 졀로 가는 길리옵던니 졀리 머지

덤불을 떠나 엎어지며 자빠지며 만첩 산중으로 들어가니 두견새는 슬피 울고 시냇물은 잔잔한데 목마름과 배고픔이 자심하여 길가에 엎어져 기절하였더라. 이때 영보산 칠보암에 있는 여승 팔관 대사가 마침 속가에 갔다가 절로 돌아오는 중이었다. 길 가운데에 젊은 부인이 기절하여 있는데 거의 죽은 것처럼 보여 놀라서 급히 수건에 물을 묻혀다가 입에 짜 넣으니 그제야 다시 살아나는지라. 대사가 물어보기를

"부인은 어디 사시는 분이시며, 무슨 연고로 이렇게 깊은 산중에 저렇듯 곤란에 처해 계십니까?"

한다. 부인이 겨우 정신을 차려 눈을 떠 보니 한 여승이 있어 다 쓰러져 가는 목소리로 반가워 묻는다.

"대사께서는 이렇게 죽게 된 인생을 살려주소서. 어느 절에 계시며, 여기서 얼마나 되는 거리에 있는 절입니까?"

팔관 대사가 위로하여 말한다.

"영보산 칠보암에 있습니다. 마침 속가에 갔다가 절로 가는 길이었습니다. 절이 여기서 멀지

14-뒤

안니ᄒᆞ온니 ᄒᆞᆫ가지로 가ᄉᆞ니다 ᄒᆞ고 부닌의 손을 븟들고 절노 가거날 부닌니 쇠존ᄒᆞᆫ 즁의 영보손을 쳐다본니 층암절벽은 층층니 걸여 잇고 계슈넌 존존ᄒᆞᆫᄃᆡ 긔암괴셕은 웃쑥웃쑥 ᄉᆡᆼ겨 ᄂᆞᆫᄃᆡ

ᄎᆞ잠ᄎᆞ잠 드러간니 별유천지비인간니라 팔관 ᄃᆡᄉᆞ 부닌을 다리고 절노 드러간니 닛ᄯᆡ ᄉᆞᆼᄌᆡ 졔의 스승을 마질ᄉᆡ 우리 신님언 속가의 가시던니 ᄯᅩ ᄉᆞᆼᄌᆞ을 다려오신다 ᄒᆞ고 반겨ᄒᆞ더라 님의 여러 날 리 되

ᄆᆡ 팔관 ᄃᆡᄉᆡ 위로 曰 이 절니 ᄃᆡ절니라 구경ᄭᅮᆫ이 ᄂᆡ역 부절ᄒᆞ 온니

부인을 보면 절ᄡᅡᆫ코 취코ᄌᆞ 할거신니 머리을 ᄉᆞᆨ고 歲月을 보님만 갓지 못ᄒᆞ다 ᄒᆞ고 ᄉᆞᆨ그라 ᄒᆞ거날 부인도 ᄉᆡᆼ각의 그러홀 듯ᄒᆞ여 ᄃᆡᄉᆞ

의 말ᄉᆞᆷ니 올토다 ᄒᆞ고 인ᄒᆞ여 머리을 ᄉᆞᆨ슨이라 그러나 그 형 ᄉᆞᆼ은

참마 보지 못할너라 歲月이 如流ᄒᆞ여 十朔이 ᄎᆞᆺᄂᆞᆫ지라 일일은 암

아니하오니 저와 함께 가시지요."
하며 부인의 손을 붙들고 절로 간다. 부인이 쓰러져 거의 죽게 된 중에도 영보산을 쳐다보니 층암절벽은 층층이 걸려 있고, 계곡에 흐르는 물은 잔잔한데 기암괴석은 우뚝우뚝 생겼구나. 차츰차츰 들어가니 얼마나 아름다운지 인간 세계가 아니로구나. 팔관 대사가 부인을 데리고 절로 들어가니 이때 상좌(上佐)가 제 스승을 맞이하며

"우리 스승님께서는 속가에 가시더니 또 상좌(上佐)를 데려 오시는구나."
하고 반겨하였다. 부인이 거한지 여러 날이 지나매 팔관 대사가 위로하여 말하였다.

"이 절이 규모가 큰 절이라 구경꾼이 끊임없이 왕래하옵니다. 부인을 보면 결단코 취하려고 할 것이니 머리를 깎고 세월을 보내는 것이 좋겠습니다."
하고 머리를 깎으라 하거늘 부인의 생각에도 그러할 듯하여 '대사의 말씀이 옳다' 하고 머리를 깎았다. 그러나 그 형상은 차마 보지 못할 정도였다.

세월이 물과 같이 흘러 열 달이 찼다. 하루는 암자에

15 – 앞

ᄌᆞ의 五色 구룸니 四方으로 둘너싸며 향닉 진동ᄒᆞ거날 ᄃᆡᄉᆞ
부닌이
ᄒᆡ복ᄒᆞ실 쥴 알고 ᄉᆼᄉᆞ을 불너 曰 白米와 미역을 방비ᄒᆞ여ᄯᅡ가
부닌 ᄒᆡ복ᄒᆞ시거던 ᄎᆞᆨ실니 구완ᄒᆞ라 ᄒᆞ던니 향닉 ᄭᅳᆫ치며 부닌
이 남ᄌᆞ을 탄ᄉᆡᆼᄒᆞ니 부닌니 슬피 ᄋᆡ통ᄒᆞ여 曰 니 닉 신세야 고
루거각[54]
엇다 두고 죠고마ᄒᆞᆫ 암ᄌᆞ의 ᄒᆡ복ᄒᆞᆫ단 말가 ᄋᆡ고 ᄋᆡ고 슬운지고 우리
부모와 우리 가군은 니런 영화을 모루시고 엇지 할고 니러타시
슬어ᄒᆞ
던니 ᄃᆡᄉᆞ의 ᄉᆼ식 밥과 국을 ᄊᆞᆯ여 올리거날 부닌니 밥을 먹은
후의 그 ᄋᆡ기 우름 소ᄅᆡ 벽역갓치 지르넌지라 ᄃᆡᄉᆞ와 졔승니
그 ᄋᆡ기 소
ᄅᆡ을 듯고 민망니 역겨 부인게 고曰 우리 졀의는 즁니 만ᄊᆞ온
니 부
닌은 ᄋᆡ기을 안고 ᄂᆞ가소셔 ᄒᆞᆫᄃᆡ 부닌니 졔승의게 비러 曰 멀
리 ᄊᆞᆨ ᄭᅳᆫ
즁니 ᄋᆡ기을 안고 마을의 ᄎᆞ저 가면 활양과 머셤덜리 즁의

오색 구름이 사방으로 둘러싸며 향내가 진동하거늘 대사가 부인이 해복할 시기가 된 것을 알고 상좌(上佐)를 불러 말하였다.

"흰 쌀과 미역을 준비하였다가 부인이 해산하시거든 착실히 보살피도록 하라."

향내가 끊어지며 부인이 남자아이를 낳으니 부인이 슬프게 애통한다.

"이 내 신세야! 높고 큰 집은 어디다 두고 이렇게 조그마한 암자에서 해산을 하였단 말인가. 애고 애고 서러운지고. 우리 부모와 우리 남편은 이런 영화를 모르시고 어찌 하실까?"

하며 이렇듯 슬퍼하였다. 대사의 상좌(上佐)가 밥과 국을 끓여 올리니 부인이 밥을 먹었는데, 그 후에 아기가 벽력같이 큰 소리로 울음을 우는지라. 대사와 승려들이 그 아기의 우는 소리를 듣고서는 민망히 여겨 부인께 말하기를

"우리 절에는 중이 많으니 부인께서는 아기를 안고 나가소서."

하니 부인이 여러 승려들에게 빌며 말한다.

"머리 깎은 중이 아기를 안고 마을을 찾아 가면 한량과 머슴들이 중의

15 - 뒤

힝실니 불칙ᄒᆞ다[55] ᄒᆞ고 겁탈도 닛실 거시요 밥도 못 비러먹글 터니온니 ᄎᆞ라리 절의셔 죽글만 갓지 못ᄒᆞ다 ᄒᆞ고 ᄌᆞ탄ᄒᆞ니 졔승

덜리 ᄃᆡ칙 曰 아모리 졍승은 불승ᄒᆞ나 부닌니 절의 닛다가는 우리가 다 드러운 말을 듯고 지닐 길리 업ᄉᆞ니 잔말 말고 ᄋᆡ기을 바리거나 쇼견

ᄃᆡ로 ᄒᆞ쇼셔 그러할슈록 ᄋᆡ기 쇼ᄅᆡ을 질너 동구을 뒤눕게 ᄒᆞᆫᄂᆞ다 ᄒᆞ니

부닌니 ᄉᆡᆼ각다 못ᄒᆞ여 ᄋᆡ기을 바리랴고 ᄉᆡᆼ각ᄒᆞ고 비단으로 ᄇᆡ안의 젹

고리을 ᄆᆡᆫ들고 ᄋᆡ기 왼발 ᄉᆡᆨ기발ᄯᅡ락을 ᄭᅳᆫ어 옷깃 쇽의 녁코 져고리 ᄂᆡ 귀의 유복ᄌᆞ 히션니라 ᄒᆞ고 ᄉᆡᆨ겨 닙피고 ᄋᆡ기을 안고 월침침야 슴경의 업더지며 ᄌᆞᆸᄲᅡ지며 동구 十里 박게 ᄃᆡᄎᆞᆫ 가운ᄃᆡ ᄉᆡ얌 둑의 녹코 안ᄌᆞ던니 月落西山ᄒᆞ고 鷄鳴聲은 날 ᄉᆡ기을 ᄎᆡ

행실이 불측(不測)하다 하고 겁탈도 할 것이요, 밥도 빌어먹지 못할 것이오니 차라리 절에서 죽는 것만 못할 것입니다."

하며 자탄하니 여러 승려들이 크게 꾸짖어 말한다.

"아무리 그 사정이 불쌍해도 부인이 절에 있다가는 우리 모두가 다 더러운 말을 들을 것이고, 다른 지낼 길이 없습니다. 그러니 잔말 말고 아기를 버리거나 부인께서 떠나거나 소견대로 하소서." 그러할수록 아기는 소리를 질러 절 입구까지 뒤집히게 하니 부인이 생각다 못하여 아기를 버리겠다고 생각했다. 그래서 비단으로 배냇저고리를 만들고 아기의 왼발 새끼발가락을 잘라 아기의 옷깃 속에 넣고 저고리 네 귀에 '유복자 해선'이라고 새겨 입혔다. 그리고 아기를 안고 달 깊은 한밤중에 엎어지며 자빠지며 달려가 절 입구에서 십 리 밖에 있는 대촌 가운데의 샘 둑에 놓고 앉아 있더라. 달은 서쪽 산으로 지고 새벽닭은 날 새기를 재촉하는구나.

16 - 앞

축ᄒᆞᄂᆞᆫ지라 부닌니 ᄋᆡ기을 붓들고 통곡 曰 아가 아가 ᄂᆡ 졋 망
죠막 먹거
라 나ᄂᆞᆫ 네 어미가 안니라 ᄒᆞᄂᆞᆫ 쇼ᄅᆡ 天地도 감동하며 귀신도
감동ᄒᆞ고 山
川草木도 우ᄂᆞᆫ 듯ᄒᆞ더라 아가 아가 우지 말고 졋 먹거라 도라
셧다가 ᄯᅩ 도
라와 낫츨 ᄒᆞᆫᄃᆡ ᄃᆡ니고 울며 曰 ᄂᆡ 졋 망죠막 먹고 잘 잇새라
우리 ᄉᆡᆼ
젼의 서로 만나지 못할 듯 ᄒᆞ니 쥭거 地下의 도라가 다시 보ᄌᆞ ᄒᆞ고
言 미필의 東方니 발거오거날 ᄋᆡ기을 바리고 졀노 올나갈졔 눈
물은 비 오듯 ᄒᆞ고 ᄋᆡ기 우ᄂᆞᆫ 쇼ᄅᆡᄂᆞᆫ 귀의 징징ᄒᆞ고 얼골은 눈의
ᄉᆞᆷᄉᆞᆷᄒᆞ
고 졍신니 살ᄂᆞᆫᄒᆞ여[56] ᄒᆞᆫ 거름의 두셰 번 도라보며 ᄎᆞ졈ᄎᆞ졈
올ᄂᆞ간
니라 잇ᄯᆡ 마을 여인덜리 물 길너 왓다가 ᄂᆞᆫᄃᆡ읍ᄂᆞᆫ ᄋᆡ기 ᄉᆡ얌 둑의
셔 울거날 동의을 녹코 달여들어 그 ᄋᆡ기을 안고 曰 ᄂᆡ 무ᄌᆞᄒᆞ던니
ᄒᆞ날님니 쥬시도다 할 졔 장취경니 도적질 갓다가 오ᄂᆞᆫ 길의

부인이 아기를 붙들고 통곡하며

"아가, 아가. 내 젖 마지막으로 먹어라. 나는 네 어미도 아니다."

하는 소리에 천지도 감동하며 귀신도 감동하고 산천초목(山川草木)도 우는 듯하구나.

"아가, 아가. 울지 말고 젖 먹어라."

돌아섰다가 또 돌아와 얼굴을 한데 대이고 울며 말한다.

"내 젖 마지막으로 먹고 잘 있어라. 우리 이제 살아서는 서로 만나지 못할 듯하니, 죽어서 지하에 돌아가 다시 보자."

하는 말을 마치기도 전에 동방이 밝아오거늘 아기를 버리고 절로 올라간다. 가는데 눈물은 비 오듯 하고 아기 우는 소리는 귀에 쟁쟁하고, 얼굴은 눈에 삼삼하여 정신이 산란하여진다. 한 걸음에 두세 번 돌아보며 더듬더듬 올라간다.

이때 마을의 여인들이 물 길러 왔다가 난데없는 아기가 샘둑에서 울고 있는 것을 보고 물동이를 놓고 달려들어 그 아기를 안고 말한다.

"나에게 자식이 없었는데, 하느님께서 주시는구나."

이러할 때 장취경이 도적질 갔다가 오는 길에

16-뒤

그 그동을 보고 달여들어 그 ᄋᆡ기을 ᄂᆡ 다려가리라 ᄒᆞ고 번ᄀᆡ갓치 달여들거날 女人이 ᄋᆡ기을 녹코 다라나ᄂᆞᆫ지라 취경니 그 ᄋᆡ기을 다려

다가 니 부닌 ᄒᆡ션의 니모을 쥬면 왈 니 ᄋᆡ기 닐홈은 중ᄒᆡ션이라 ᄒᆞ고

금의옥식을 쥬되 귀니 길너 귀니 되게 ᄒᆞ라 ᄒᆞ고 ᄆᆡᆨ기거랄 부닌니 그

ᄋᆡ기 닙분 옷설 본니 비단도 낫치 익고 슈품도 낫치 익ᄂᆞᆫ지라 부닌니 항

여 승ᄉᆞᆼ의 손닌가 ᄒᆞ고 염여ᄒᆞ여 그 옷설 벅겨 벽중의 집피 간슈ᄒᆞ고 다

른 옷설 ᄒᆞ여 닙피고 젓설 먹기고 날노 ᄉᆞ랑ᄒᆞ더라 歲月이 如流ᄒᆞ여 ᄒᆡ션의

나니 五歲에 당ᄒᆞ여ᄂᆞᆫ지라 닐닐은 ᄒᆡ션니 졔 부친 장취경의게 엿ᄌᆞ오ᄃᆡ

小子 글을 ᄇᆡ와지니다 ᄒᆞ니 취경니 ᄃᆡ曰 글은 씰ᄃᆡ읍신니 용ᄆᆡᆼ을 ᄇᆡ와 도적질니나 힘씨라 ᄒᆞ거날 ᄒᆡ션니 니 말을 듯고 울며 모친 젼의가 부친 ᄒᆞ시던 말슴을 고ᄒᆞᆫᄃᆡ 부닌 曰 그러ᄒᆞ리라 ᄒᆞ고 그날붓텀

그 거동을 보고 달려들어

"그 아기를 내가 데려가겠다."

하며 번개같이 달려드니 여인이 아기를 놓고 달아나 버렸다.

취경이 그 아기를 데려다가 해선의 이모인 이 부인에게 주면서 말하기를,

"이 아기의 이름은 장해선이라."

하며

"금의옥식(錦衣玉食)을 주되, 귀하게 길러 귀하게 되도록 하라."

하고 맡기었다.

부인이 그 아기 입은 옷을 보니 비단도 낯이 익고 수품(繡品)도 낯이 익은지라. 부인이 행여 주 승상의 아들인가 하고 이를 장취경이 알까 염려하여 그 옷을 벗겨 벽장에 깊이 간직하고, 다른 옷을 내어 입히고 젖을 먹이고 날로 사랑하더라.

세월이 흘러 흘러 해선의 나이가 다섯 살이 되었는지라. 하루는 해선이가 저의 부친 장취경에게 여쭙기를

"제가 글을 배우고 싶습니다."

하니 장취경이 대답한다.

"글은 쓸데없으니 용맹을 배워 도적질이나 힘쓰라."

해선이 이 말을 듣고 울면서 어머니께 가서 아버지가 하시던 말씀을 고하니 부인이 말하길

"그러할 줄 알았다."

하고, 그날부터

17－앞

글을 식긴니 직죠 무궁ᄒᆞ여 모를거시 읍더라 닛ᄯᅴ 歲月 如流ᄒᆞ
여 ᄒᆡ션
의 나히 十三 歲 되여ᄂᆞᆫ지라 ᄒᆡ션니 닐닐은 졔 부친젼의 엿자
오되 皇城니
귀경니 ᄒᆞ옴직 ᄒᆞ다 ᄒᆞ온니 미닌과 직물을 젹취ᄒᆞ옵고[57] 도성
을 엿
보고 도라오리다 ᄒᆞᆫᄃᆡ 츄경니 니 말을 듯고 희희낙낙ᄒᆞ여 즉시
날닌 죵
과 千里馬을 쥬고 黃金 一千兩을 쥬어 보닌니라 ᄒᆡ션니 ᄒᆞ직ᄒᆞ고
바로 皇城으로 올나가 쥬인을 증ᄒᆞ되 長安門 박게 다 퇴락ᄒᆞᆫ
집을 ᄎᆞᄌᆞ 드러간니 늘근 노고[58] 닛ᄂᆞᆫ지라 ᄒᆡ션니 말을 ᄂᆡ려
노구[59]을 불
너 曰 나ᄂᆞᆫ ᄒᆡ평 골의 닛습던니 과거을 보려ᄒᆞ고 왓ᄉᆞ온니 ᄃᆡᆨ
의 슈
닌을 증ᄒᆞ거노라 ᄒᆞ거날 노구 ᄃᆡ曰 억만 장안의 졍갈ᄒᆞᆫ 집니 만흔
ᄃᆡ 니런 누츄ᄒᆞᆫ 집의 웃지 유슉ᄒᆞ오며 ᄯᅩ 양식니 업ᄉᆞ온니 엇지ᄒᆞ
올릿가 ᄒᆞᆫᄃᆡ ᄒᆡ션니 죵을 불너 져ᄉᆞ의 가 양식과 반촌을

해선에게 글을 배우게 하니, 재주가 무궁하여 모르는 것이 없더라. 이때 세월이 물과 같이 흘러 해선의 나이가 십삼 세가 되었는지라. 하루는 저의 아버지께 나아가 여쭙기를

"황성이 구경할 만하다 하오니 미인과 재물을 얻어 가져 오고, 도성을 살펴보고 돌아오겠습니다."

하니 취경이 이 말을 듣고 희희낙락하여 즉시 날랜 종과 천리마(千里馬)를 내어주고 황금 일천 냥을 주어 보내더라. 해선이 하직하고 바로 황성으로 올라가 머물 곳을 정하는데 장안문 밖에 있는 다 퇴락한 집을 찾아 들어갔다. 거기에 늙은 할머니가 있는지라. 해선이가 말에서 내려 할머니를 불러 말하기를

"나는 해평 골에 사는 사람이온데, 과거(科擧)를 보려고 왔사온데 댁에서 머물고자 합니다."

하니 할머니가 말한다.

"억만 장안에 정갈한 집이 많은데 이런 누추한 집에 어찌 유숙하려 하십니까? 또 먹을 양식도 없사오니 어찌하겠습니까?"

해선이 이 말을 듣고 종을 불러 시장에 가서 양식과 반찬을

ᄉᆞ오라 ᄒᆞ신ᄃᆡ 죵이 져ᄌᆞ의 가 양식을 파라 와새날 쥬닌 ᄃᆡᆨ으로
드리고
朝夕을 먹는지라 主人이 그 션비을 본니 닌물과 거동니 ᄂᆡ의 쥬봉
과 여승니도 갓ᄯᅩ다 ᄒᆞ고 다시 보고 보며 曰 아마도 죽은 쥬봉
니 혼니 왓ᄯᅩ
다 ᄒᆞ고 눈물을 흘이며 쥬봉을 ᄉᆡᆼ각ᄒᆞ더라 ᄒᆡ션니 문曰 부닌은 小子
을 보시고 져ᄃᆡ지 슬어ᄒᆞ신니 부닌 ᄌᆞ졔 어ᄃᆡ을 가신닛가 ᄒᆞᆫᄃᆡ
부닌 曰
ᄂᆡ 아들 닐홈은 쥬봉니요 나흔 十八 歲요 닐즉 알셩 급졔ᄒᆞ여 ᄒᆡ평
도ᄉᆞ로 간 졔 十四 年니 되야스되 쇼식니 돈졀ᄒᆞ온니 니런 답
답ᄒᆞ고 슬
러온 닐니 어ᄃᆡ 닛ᄉᆞ올릿가 ᄒᆞᆫᄃᆡ ᄒᆡ션니 존닝니 여겨 과거의
ᄉᆡᆼ각니
읍셔 부닌게 엿ᄌᆞ오ᄃᆡ 져 옥져 단금을 쇼ᄌᆞ을 쥬시면 갑셜 후니
드리 올리다 ᄒᆞ고 ᄉᆞ랑ᄒᆞ거날 부닌니 옥져 단금을 ᄂᆡ여 쥬신니 ᄒᆡ션
니 바다 가지고 ᄒᆞᆫ번 분니 부닌니 부는 쇼ᄅᆡ을 드론니 쥬봉과 갓치

사 오라 하니 종이 시장에 가서 양식을 사 와서는 유숙할 집 주인댁에 드리고 식사를 하는지라. 주인이 그 선비를 보니 인물과 거동이 자신의 아들 주봉과 이상하게도 같아 다시 보고 또 보며 말하기를

"아마도 죽은 주봉의 혼이 왔나 보다."

하고 눈물을 흘리며 주봉을 생각하더라.

해선이 물어 말하기를

"부인께서 소자(小子)를 보시고 그렇게 슬퍼하시니, 부인의 자제분은 어디를 가셨나 봅니다."

하니 부인이 말하기를

"내 아들 이름은 주봉이요, 나이는 십팔 세입니다. 일찍이 알성 급제하여 해평 도사로 간지 십사 년이나 되었으나 소식이 완전히 끊어졌으니 이런 답답하고 슬픈 일이 어디 있겠습니까?"

하니 해선이 불쌍한 생각이 들어 과거(科擧) 볼 생각도 없어져 부인께 여쭙기를

"저 옥저와 거문고를 소자(小子)에게 주시면 값을 후하게 쳐 드리겠습니다."

한다. 해선이 사랑하는 마음을 보고 부인이 옥저와 거문고를 내주시니 해선이 받아 가지고 한번 불어 본다. 부인이 그 부는 소리를 들으니 주봉과 같이

18 – 앞

부는지라 더옥 셔러ᄒᆞ다가 쥬봉을 ᄉᆡᆼ각ᄒᆞ고 옥져 단금을 쥬며

曰 죽은 ᄌᆞ식을 ᄉᆡᆼ각ᄒᆞ여 쥬는니 부ᄃᆡ부ᄃᆡ ᄌᆞᄌᆞ 단니라 ᄒᆞ거날

희션니 가져 갓던 ᄌᆡ물과 말을 다 부닌ᄃᆡᆨ으로 드리고 죵을 불

너 본ᄃᆡᆨ으로 보ᄂᆡ며 왈 일언 말 말ᄂᆞ 당부ᄒᆞ고 보닌니라 잇ᄯᆡ

희션니 부

인얼 ᄒᆞ직ᄒᆞ고 발로 ᄒᆡ평으로 날여가 경ᄀᆡ 됴흔 곳제 안져 옥져

단금

을 분니 그 쇼ᄅᆡ 청청ᄒᆞ여[60] 산천니 딘동ᄒᆞ더라 잇ᄯᆡ 쥬봉니

비러먹으

며 방방곡곡이 단니던니 천만의외의 옥져 단금 쇼ᄅᆡ 퉁텬[61]의

은은니 들

니거날 마음의 반가와 ᄎᆞ졈ᄎᆞ졈 들어가니 ᄒᆞᆫ 쇼연니여날 옥져

도 낫치

익고 단금도 낫치 익다 안 마음의 귀니 여겨 분명 ᄂᆡ의 옥져

단금니로다

ᄒᆞ며 눈물을 흘인니 니날 희션니 문왈 거인언 무슴 년고로 져ᄃᆡ디

슬어ᄒᆞ는요 걸인니 ᄃᆡ왈 난언 남천문 밧긔 ᄉᆞ은 쥬 승샹의 아달

부는지라. 부인이 더욱 슬퍼하다가 주봉을 생각하고는 옥저와 거문고를 내어주며 말한다.

"죽은 자식을 생각하여 주는 것이니 부디부디 자주 들러 주시오."

그래서 해선은 자신이 가져갔던 재물과 말을 모두 부인 댁에 드리고, 종을 불러서 자신의 집으로 보내면서 말한다.

"이런 말을 다른 사람에게는 하지 말라."

이때 해선이 부인께 하직하고 바로 해평으로 날아가 경치 좋은 곳에 앉아 옥저와 거문고를 연주하니 그 소리가 맑고 아름다워 산천이 진동하더라. 이때 주봉은 빌어먹으며 이곳저곳 방방곡곡을 다니더니 천만의외로 옥저와 거문고 연주하는 소리가 저 하늘 높은 곳에서 은은히 들리거늘 반가운 마음에 더듬더듬 찾아 들어간다. 그러다 보니 한 소년이 연주를 하고 있는데 옥저도 낯이 익고 거문고도 낯이 익다. 마음에 기이한 생각이 들기를

'분명히 나의 옥저와 거문고로다.'

하여 눈물을 흘리니 이를 본 해선이 물어본다.

"걸인은 무슨 연고로 그렇게 슬퍼하는 것인가요?"

걸인이 대답하여 말하기를

"나는 남천문 밖에 사는 주 승상의 아들

18-뒤

쥬봉니옵던니 쇼연의 알성 급제ᄒᆞ오니 황제 벼술을 도도
시ᄆᆡ 죠졍니 시긔ᄒᆞ야 날노 ᄒᆡ평 도ᄉᆞ을 보ᄂᆡ기의 도임ᄎᆞ로 가다가
ᄒᆡ즁의서 슈젹 장취경을 만나 ᄒᆞ닌 ᄉᆞᆷ십여 명을 다 쥭이고 ᄯᅩ
나을 물의 밀친니 옥황상제게옵서 살여쥬시ᄆᆡ 고향으로 도라
가디
못ᄒᆞ고 니곳제서 비러먹ᄂᆞᆫ니다 ᄒᆞ고 옥져 단금을 ᄌᆞ쵸 본니
ᄒᆡ선니 무
러 왈 니 옥져 단금을 네 불듯 ᄒᆞ야 ᄒᆞ고 죽거날 쥬봉니 바다
가디고 옥
져은 입의로 불고 단금은 숀으로 탄니 그 쳥쳥ᄒᆞᆫ 쇼ᄅᆡ ᄒᆡ선버덤 더
ᄒᆞ더라 잇ᄯᆡ 굿보언 ᄉᆞ람더리 일로ᄃᆡ 부ᄌᆡ 안니면 형제로다 ᄒᆞ거날
ᄒᆡ선니 ᄉᆡᆼ각ᄒᆞ되 황셩의 부인 말ᄉᆞᆷ니 쥬봉과 갓다 ᄒᆞ시고 사랑
ᄒᆞ시고 쥬 할임 ᄯᅥ난졔 십ᄉᆞ 년니ᄅᆞ ᄒᆞ시고 ᄯᅩ 나히 십ᄉᆞ 세요

주봉인데 어린 나이에 알성 급제하였더니 황제께서 벼슬을 많이 주시매 조정이 시기하여 나로 하여금 해평 도사로 보내도록 하였다. 그래서 해평 도사로 부임하러 가다가 바다에서 수적(水賊) 장취경을 만나 하인 삼십여 명이 다 죽었다. 또 나를 물에 밀쳐 넣었는데 옥황상제께옵서 살려 주셔서 고향으로 돌아가지 못하고 이곳에서 빌어먹고 있는 것이다."

하고 옥저와 거문고를 자꾸 쳐다본다. 이를 본 해선이 물어보기를

"이 옥저와 거문고를 네가 한번 불어보겠는가?"

하며 옥저와 거문고를 주니 주봉이 받아서 옥저는 입에 물고, 거문고는 손으로 타니 그 소리의 맑고 아름다움이 해선보다 더하더라. 이때 구경하던 사람들이 이르되

"부자지간(父子之間) 아니면 형제지간(兄弟之間)이다."

하니 해선이 생각하기를

'황성의 부인께서 말씀하신 주봉과 같구나. 주 한림이 떠난 지 십사 년이고, 또 내 나이가 십사 세요,

19-앞

사람마다 걸인과 갓다 ᄒᆞ니 실노 고니ᄒᆞ도다 그러ᄂᆞ 아지 못ᄒᆞ니 누설치 안니ᄒᆞ고 걸인달여 왈 우리 두 ᄉᆞ람의 ᄌᆡ죠 이러ᄒᆞ니 영보손 칠보암니 경ᄀᆡ 죳타 ᄒᆞ니 그 절의 가 노ᄌᆞ ᄒᆞ고 한가디로 나갈세 잇ᄯᆡ 맛춤 삼월니라 골골니[62] 봄 ᄉᆡ 쇼ᄅᆡᄂᆞᆫ 실피 울고 입

널분 ᄉᆡᆨ갈입은 가디 가디 츈ᄉᆡᆨ을 못 이기여 흔늘흔늘 츔을 츄고 긔암괴석은 반공의 둘너 잇고 리화 도화 만발ᄒᆞᆫ데 빗 죠흔 방나뷔은 곳철 보고 희롱ᄒᆞ여 슈양 청청 버들 속의 쇼ᄅᆡ 죠흔 ᄉᆡ

고리

넌 이리져리 왕ᄂᆡ할 졔 양인니 ᄒᆞᆫ가지로 올ᄂᆞ갈 졔 숀으로 니 나무 져 ᄂᆞ무 휘여죱고 올ᄂᆞ가 절문의 안ᄌᆞ 옥져은 쥬봉니 불고 단금은 ᄒᆡ션니 탄니 옥져 쇼ᄅᆡᄂᆞᆫ 산천초목니 츔츄ᄂᆞᆫ 듯ᄒᆞ고 단금 쇼ᄅᆡ은 왼갓 짐싱니 노ᄅᆡᄒᆞᄂᆞᆫ 듯ᄒᆞ더라 잇ᄯᆡ 여승더리

사람들마다 내가 걸인과 같다 하니 실로 이상하구나.'
하였다. 그러나 일지 못하니 누설하지 아니하고 걸인에게 말한다.

"우리 두 사람의 재주가 이러하고 영보산 칠보암이 경치가 좋다 하니, 그 절에 가서 놉시다."
하고 함께 나가니, 이때가 마침 춘삼월이라. 골짜기 골짜기마다 봄 새소리는 슬피 울고, 잎 넓은 떡갈잎은 가지가지마다 춘색을 못 이겨 흔들흔들 춤을 추고, 기암괴석은 반공중에 둘러 있고 이화(梨花) 도화(桃花) 만발(滿發)한데, 빛깔 좋은 흰나비는 꽃을 보고 희롱하고 푸른 수양버들 속의 소리 좋은 꾀꼬리는 이리저리 왕래할 때 두 사람이 서로 같이 올라가는데, 손으로 이 나무 저 나무 휘어잡고 올라가 절문에 앉아 옥저는 주봉이 불고 거문고는 해선이 타니 옥저 소리는 산천초목(山川草木)이 춤추는 듯하고, 거문고 소리는 온갖 짐승이 노래하는 듯하더라.

이때 여승들이

그 소ᄅᆡ을 듯고 닷토와 귀경ᄒᆞ더라 닛ᄯᆡ 부닌은 슈심으로 歲月을 보ᄂᆡ던니 팔광 ᄃᆡᄉᆞ 부닌달여 리노ᄃᆡ 그 풍ᄀᆡᆨ을 본니 형이 안니면 부쥘너리다 ᄒᆞ니 부닌니 쥬염을 것고 니윽키 보다가 괴리

ᄒᆞ도다

ᄒᆞ고 ᄃᆡᄉᆞ을 불너 曰 그 풍ᄀᆡᆨ의 근본을 무러쇼서 ᄒᆞ니 ᄃᆡᄉᆞ 문曰 귀ᄀᆡᆨ의 승명은 뉘라 ᄒᆞ시며 어ᄃᆡ 게신닛가 그 풍ᄀᆡᆨ니 ᄃᆡ曰 ᄒᆞ나넌 황셩 ᄉᆞ옵고 ᄯᅩ ᄒᆞᆫ ᄂᆞ넌 ᄒᆡ평 ᄯᅡᆼ의 ᄉᆞᄂᆞ리다 ᄒᆞ거날 부닌니 ᄂᆡ염[63]의 ᄉᆡᆼ각ᄒᆞ되 ᄂᆡ의 가장 할님과 역역기 갓드나 물의 쥭엄

을 목

젼의 보와신니 ᄉᆞ라오기 만무ᄒᆞ나[64] 그러나 世上닐을 아디 못ᄒᆞᆫ다 ᄒᆞ고 그 진위을 알야 ᄒᆞ고 버션 두 커리을 시여가지고 나가

리로

ᄃᆡ 아모 것ᄯᅩ 션물할 거시 업셔 그걸노 졍을 표ᄒᆞ온니 나 본

다시 신

으쇼서 ᄒᆞ고 쥬거날 쥬봉니 바다 본니 버션본과 쥬품니 니 부

닌 슈

그 소리를 듣고 앞 다퉈 나와 구경하더라.

이때 부인은 수심으로 세월을 보내고 있었는데, 팔관 대사가 부인에게 이르기를

"그 풍류객들을 보니 형제지간(兄弟之間)이 아니면 부자지간(父子之間)이겠더이다."

하니 부인이 주렴(珠簾)을 걷고 유심히 보다가 이상하다 하고 대사를 불러 말한다.

"그 풍류객들의 근본을 물어봐 주소서."

하여 대사가 물어보았다.

"귀객의 성명은 무엇이라 하시며, 어디 사시는 분이십니까?"

그 풍객이 대답하여 말하기를

"한 사람은 황성에 사옵고, 또 한 사람은 해평 땅에 삽니다."

하니 부인이 속으로 생각하되

'나의 남편 한림과 역력히 같은데, 물에 빠져 죽는 것을 내 눈으로 보았으니 살아 있을 리가 없다. 그러나 세상일은 알지 못한다.'

하고 그 진위를 알아보려고 버선 두 켤레를 지어 가지고 나가서 이르기를

"아무 것도 선물할 것이 없어 그것으로 정을 표하오니 저를 보아 신어 주소서."

하고 준다. 주봉이 받아 보니 버선의 모양과 지은 솜씨가 이 부인의 것이라는

품니로다 ᄒᆞ고 호의 만단 ᄒᆞ며 버션을 신으며 부닌을 본니
비록 머리을 ᄭᆞᆨ것씨나 얼골리야 읏지 모로니요 ᄒᆡ션니 버션을 신
으랴 ᄒᆞ고 발을 벗신니 왼ᄶᅡᆨ ᄉᆡ기발가락니 읍는지라 부닌 曰
니거
시 어닌 일고 ᄒᆞ며 ᄋᆡ통 曰 ᄒᆞᆫ나넌 ᄂᆡ의 가죵이요 ᄯᅩ ᄒᆞᆫᄂᆞ는
ᄂᆡ의 발린 ᄌᆞ
식이로다 ᄒᆞ여 쥬봉의 근본을 무런ᄃᆡ 쥬봉니 그졔야 前後 곡절을
역역키 릴으고 부닌도 前後 ᄂᆡ력 역역키 일으고 슬피 통곡ᄒᆞ니
졔승니
그 거동을 보고 붓들고 위로 曰 리제 승숭을 만낫ᄊᆞ온니 무숨
ᄒᆞᆫ니
잇ᄉᆞ오리가 ᄒᆞ며 위로ᄒᆞ니 부닌과 할님니 계우 닌ᄉᆞ을 ᄎᆞ려 안
진즉 실혼ᄒᆞᆫ[65] ᄉᆞ람갓더라 ᄒᆡ션니 울며 엇ᄌᆞ오ᄃᆡ 부닌니 小子
의 발
ᄭᅡ락 읍심을 보시고 반겨ᄒᆞ고 ᄉᆞ랑ᄒᆞ신니 그 근본을 자셰리
아라지
리다 ᄒᆞ거날 부닌니 니로ᄃᆡ ᄎᆞ음의 가죵니 ᄒᆡ평 도ᄉᆞ로 오다가 슈

생각을 하며 수만 가지 의혹을 떠올리며 버선을 신으면서 부인을 보니 비록 머리를 깎았으나 얼굴이야 어찌 모르겠는가? 해선이 버선을 신으려고 발을 벗으니 왼쪽 새끼발가락이 없는지라. 부인이 말하기를

"이것이 어찌된 일인고?"

하며 애통해 하며 말한다.

"하나는 나의 남편이요, 또 하나는 나의 버린 자식이로다."

하며 주봉의 근본을 물어보니, 주봉이 그때야 비로소 이전에 있었던 일들을 역력히 이르고, 부인도 전후 내력을 역력히 이르고 슬피 통곡하니 여러 승려들이 그 거동을 보고 위로한다.

"이제 승상을 만났사오니 무슨 한이 있겠습니까?"

하며 위로하니, 부인과 한림이 겨우 정신을 차려 앉는데 마치 정신이 나간 사람같더라. 해선이 울며 여쭙기를

"부인이 소자(小子)의 발가락이 없는 것을 보시고 반가워하시고 사랑하시니 그 연유를 자세히 알고 싶습니다."

하거늘 부인이 이르기를

"처음에 남편이 해평 도사로 오다가 수적(水賊)

20 – 뒤

적 즁취경을 만나 가장을 물의 던져 쥭음을 보고 할 슈 읍셔 취
경의 집의 닛던니 시비 옥염의 비계[66]로 옥염을 다리고 도망ᄒᆞ
다가 우리
옥염은 니리 니리 ᄒᆞ여 물의 ᄲᅡ져 쥭음을 보고 나는 十生九
死[67]ᄒᆞ여 도망
ᄒᆞ던니 千萬意外의 팔광 ᄃᆡᄉᆞ을 니 절의 만나 머리을 ᄭᆞㄱ고 ᄯᅩ
ᄋᆡ기을 나흔
니 졔승덜리 절의 닛기가 불가타 ᄒᆞ기의 ᄒᆞ릴 읍셔 ᄋᆡ기을 발닐 졔
장ᄂᆡ을 ᄉᆡᆼ각ᄒᆞ여 쥭지 안니ᄒᆞ면 요ᄒᆡᆼ으로 만날가 ᄒᆞ여 발가락을 ᄭᅳᆫ
어 옷깃 쇽의 늑코 유복ᄌᆞ ᄒᆡ션니라 ᄒᆞ고 져고리 ᄂᆡ 귀의 숙여
노라 ᄒᆞᆫ니
ᄒᆡ션니 이 말숨을 듯고 쥬 할님과 부닌계 ᄒᆞ직ᄒᆞ고 曰 小子
도라와 ᄎᆞ질 날
리 닛ᄉᆞ올거신니 니 절의 유ᄒᆞ옵쇼셔 ᄒᆞ고 바로 졔 딥으로 도
라와 죠금
도 ᄉᆞ쇡지 안니ᄒᆞ고 졔 父親 前의 드러가 엿ᄌᆞ오ᄃᆡ 미쇡과 ᄌᆡ물
을 슈탐ᄒᆞ여
다가 ᄒᆡ변의 ᄃᆡ여노라 ᄒᆞ니 취경니 질거온 마음을 칭양치 못ᄒᆞ더라

장취경을 만나 남편이 물에 던져져 죽었고, 어찌 할 수 없이 취경의 집에 있었단다. 그런데 여종 옥염의 비밀스러운 계략으로 옥염과 함께 도망하다가 우리 옥염이는 이리 이리 하여 물에 빠져 죽었고, 나는 거의 죽을 위험에서 벗어나 도망하였다. 그러다 천만뜻밖에 팔관 대사를 이 절에서 만나 머리를 깎고 또 아기를 낳았는데, 여기 승려들이 절에 있을 수 없다 하기에 하릴없이 아기를 버리게 되었단다. 앞으로의 일을 생각해 보니, 죽지 않으면 다행히 만날 수 있을까 하여 발가락을 잘라 옷깃 속에 넣고 '유복자 해선'이라고 저고리 네 귀에 새겨 넣었다."

하니 해선이 이 말씀을 듣고 주 한림과 부인께 작별을 고하고 말하기를

"소자(小子)가 돌아와서 찾을 날이 있을 것이오니 이 절에 머물고 계시옵소서."

하고 바로 자기 집으로 돌아가서는 말과 얼굴빛을 조금도 변하지 않고 저의 부친 앞에 들어가 여쭙는다.

"미색과 재물을 많이 구하여 해변에 놓아두었습니다."

하니 취경의 즐거워하는 마음이 측량할 수 없을 정도였다.

21 - 앞

히션니 바로 모친 젼의 드러가 문안ᄒᆞ고 엿ᄌᆞ오ᄃᆡ 모친게옵셔 ᄂᆡ의 근

본을 알거신니 ᄌᆞ세니 니르쇼셔 하며 눈물을 흘니거날 부닌니 놀ᄂᆡ

여 曰 제 근본을 알고 무른니 웃지 안니 니르리요 ᄒᆞ고 즉시 벽중의 ᄂᆡ안져

골리을 ᄂᆡ여 쥬거날 히션니 그 옷깃셜 ᄲᅦ여 본니 과연 ᄉᆡ기발ᄭᅡ 락니

닛거날 ᄯᅩ 젹오리 ᄂᆡ 귀의 유복ᄌᆞ 히션니라 ᄉᆡ긴거시 완연ᄒᆞ더라 모친

게 당부 曰 모친은 ᄂᆡ의 님모온니 부ᄃᆡ 누셜치 마압쇼셔 小子 바로 황

셩의 올나가 이번 과거을 ᄒᆞ온 후의 열두 부닌의 원슈을 갑고 우리 父母와

츈비 옥염의 원슈을 갑풀 터니온니 부ᄃᆡ 니 옷셜 집피 간슈ᄒᆞ옵쇼

셔 부닌게 당부ᄒᆞ고 바로 ᄂᆞ와 붓친 젼의 엿ᄌᆞ오ᄃᆡ 小子 美色과 ᄌᆡ물을

中路의 두어 ᄊᆞ온니 나가 슈운ᄒᆞ올리다 ᄒᆞ고 万里馬을 달ᄂᆞ하니 ᄎᆔ경니

ᄃᆡ희ᄒᆞ여 즉시 쥬거날 히션니 즉시 ᄒᆞ직ᄒᆞ고 나와 비션을 타고 비룡

해선이 바로 모친께 나아가 문안하고 여쭙기를

"어머니께옵서 저의 근본을 알 것이오니 자세히 말씀해 주소서."

하며 눈물을 흘리니 부인이 놀라 말한다.

"자신의 근본을 알고 물으니 어찌 아니 말하겠는가?"

하고 즉시 벽장에 있는 배냇저고리를 내 주거늘 해선이 그 옷깃을 떼어 보니 과연 새끼발가락이 있었다. 또 저고리 네 모서리에 '유복자 해선'이라고 새겨진 것이 뚜렷하더라. 모친께 당부하여 말하기를

"어머니께서는 저의 이모님이오니 부디 누설하지 마옵소서. 소자(小子) 바로 황성에 올라가서 이번 과거(科擧)를 본 후에 열두 부인의 원수를 갚고 우리 부모님과 충성된 종 옥염의 원수를 갚을 것이오니 부디 저의 옷을 깊숙히 잘 간수하여 주옵소서."

하고 부인께 당부하고, 바로 나와서는 부친 전에 여쭙기를

"소자(小子)가 미색과 재물을 오는 길에 두고 왔사오니 다시 나가 실어오겠습니다."

하고 만리마(萬里馬)를 달라 하였더니 취경이 크게 기뻐하여 즉시 주거늘, 해선이 바로 하직하고 나와 비선(飛船)을 타고 나는 용과

21 – 뒤1

갓치 陸路로 四万 四千 里을 五日만의 皇城을 득달ᄒᆞ여 바로
王 夫人 되의
가 부닌게 문안 아뢴되 夫人니 희션을 보니고 쥬야 지다리던니
희션니란 말을
듯고 니다라 손을 잡고 울며 曰 읏지 그되지 쇼식니 돈절혼요
니 집을 단여간 졔
중ᄎᆞᆺ 三年니라 단니며 니 아들 夫妻 ᄉᆞ싱 죤망을 알고 오신닛
가 ᄒᆞ며 업더져
통곡ᄒᆞ니 희션니 위로 曰 너무 스러 마옵쇼셔 ᄒᆞ고 小子 희평
골의 가셔 옥져 단
금을 부온즉 쥬 할님니란 ᄉᆞ람니 방방곡곡니 비러 먹다가 쇼ᄌᆞ
을 만ᄂᆞ 옥져 단
금을 보고 스러 ᄒᆞ기로 고히 역겨 그 연고을 뭇고 옥져 단금을
뵈닌니 과연 부닌의
말숨과 갓습기로 반가와 동힝ᄒᆞ여 단니옵던니 영보손 칠보암
귀경ᄎᆞ로 갓

같이 빨리 가서 육지 길로 사만 사천 리를 닷새 만에 가서 황성에 도달하여 바로 왕 부인 댁에 가서 부인께 문안 인사를 아뢴다. 부인이 해선을 보내고 주야로 기다리더니 해선이 왔다는 말을 듣고 급히 달려 나와 손을 잡고 울며 말한다.

"어찌하여 그다지도 소식이 없었습니까? 내 집을 다녀간 지 벌써 삼 년이라. 내 아들 부부가 살았는지 죽었는지 사생존망(死生存亡)을 알고 오시는 것입니까?"

하며 엎어져서 통곡하니 해선이 위로하여 말하기를

"너무 슬퍼하지 마옵소서. 소자(小子)가 해평 골에 가서 옥저와 거문고를 연주하였는데, 주 한림이라고 하는 사람이 방방곡곡에서 빌어먹다가 소자(小子)를 만났습니다. 옥저와 거문고를 보고서는 슬퍼하기에 이상히 여겨 그 연고를 물어보고 옥저와 거문고를 보여 주었습니다. 그 말이 과연 부인께서 하신 말씀과 같았기에 반가워서 동행하여 다니었답니다."

21 – 뒤2

다가 쑷박게 할님의 부닌 만는 말숨을 고ᄒᆞ니 王 夫人니 니 말을 듯고 반가온

마음을 니긔지 못ᄒᆞ여 실셩ᄒᆞᆫ ᄉᆞ람갓더라 각셜 닛ᄯᅵ의 과거 날리 당ᄒᆞᄆᆡ

ᄒᆡ션니 중즁의 드러가 글 지여 닐쳔의 밧치니 황졔 그 글을 보시고 층찬 曰

그러고는 영보산 칠보암에 구경하러 갔다가 뜻밖에 한림의 부인을 만난 말씀을 고하니 왕 부인이 이 말을 듣고 반가운 마음을 이기지 못하여 실성한 사람 같았다.

한편 이때에 과거(科擧) 날이 이르매, 해선이 과거 시험장 내에 들어가 글을 지어 첫 번째로 바치니 황제께서 그 글을 보시고 칭찬하여 말씀하시기를

22-앞

이 션비넌 쳔ᄒᆞ 영웅니라 ᄒᆞ시고 즉시 봉ᄂᆡ을 ᄀᆡ퇵ᄒᆞ니 ᄒᆡ평의 ᄉᆞ논
장ᄒᆡ션니라 ᄒᆞ여거날 즉시 탁방ᄒᆞ여 실ᄂᆡ을 부르거날 ᄒᆡ션니 깃거ᄒᆞ여 궐ᄂᆡ의 드러가 국궁ᄉᆞᄇᆡ[68] ᄒᆞᆫᄃᆡ 황졔 보시고 층촌 曰 경의 얼
골리 젼 승상 쥬봉과 갓도다 다름니 읍시되 승명니 장ᄒᆡ션니라 ᄒᆞ니 아지 못거라 ᄂᆔ 십 ᄌᆞ숀니며 쵸승의셔 무슴 버살 ᄒᆞ여던가 ᄒᆡ
션니 복지 쥬曰 쇼신의 ᄋᆡ비논 ᄒᆞ방 촌인으로 ᄌᆞ슈 농업ᄒᆞ온니 웃지
벼살리 닛ᄉᆞ올릿가 ᄒᆞᆫᄃᆡ 쳔ᄌᆡ 측은니 역겨 벼살을 듀실ᄉᆡ ᄒᆡ션이 曰
쇼신은 아모 벼살도 마옵시고 ᄒᆡ평 골의 닌심니 강각ᄒᆞ여 도젹니 되여
논을 시여 황셩을 침범할야 ᄒᆞ고 ᄒᆡ평 도ᄉᆞ을 온넌 ᄃᆡ로 쥭닌다 ᄒᆞ온니 쇼
신니 ᄒᆞᆫ번 ᄂᆞ려가 십여 도ᄉᆞ의 원슈을 갑고 만민을 진무ᄒᆞ여 즉시 도
라와 쳔은을 만분지닐니ᄂᆞ 갑ᄉᆞ올가 ᄒᆞ나니다 쳔ᄌᆡ 曰 네 연쇼

“이 선비는 천하의 영웅이로구나.”
하시고 즉시 과거 답안지에 쓰인 이름을 열어 보시니 해평에 사는 장해선이라 하였더라. 즉시 과거 급제자의 이름을 알려 궐내에 부르시니 해선이 기뻐하여 궐내에 들어가 국궁사배(鞠躬四拜)를 올렸다. 황제께서 보시고 칭찬하여 말하기를

“경(卿)의 얼굴이 전 승상 주봉과 같도다. 두 사람이 서로 다름이 없으되 이름은 장해선이라 하니 영문을 알지 못하겠구나. 어느 집 자손이며 조상들은 무슨 벼슬을 하였었는가?”

해선이 엎드려 아뢰기를,

“소신(小臣)의 아비는 저 멀리 지방의 천한 사람으로 자기 손으로 농사짓는 사람이오니 어찌 벼슬이 있겠습니까?”
한대, 천자가 측은히 여겨 벼슬을 주시니 해선이 아뢴다.

“소신(小臣)은 다른 아무 벼슬은 주지 마옵소서. 해평 골의 인심이 강퍅하여 도적이 되여 난을 일으키고, 황성을 침범하려 하며, 해평 도사를 오는 대로 죽인다 하오니 소신(小臣)이 한번 내려가 십여 도사의 원수를 갚고 백성을 잘 안정시키고 달래어 즉시 돌아와 하늘과 같은 은혜를 만분지일(萬分之一)[69]이나 갚을까 하옵니다.”

천자가 말하기를,

“네 아직 어린데도

22-뒤

의 그런 말을 ᄒᆞᄂᆞᆫ다 ᄒᆡ션니 다시 복지 쥬曰 ᄒᆡ평 도ᄉᆞ난 평싱의

쇼원니로쇼리다 ᄒᆞ니 쳔ᄌᆡ 마지 못ᄒᆞ여 ᄒᆡ션으로 ᄒᆡ평 도ᄉᆞ을

졔슈ᄒᆞ

시며 당부 曰 부ᄃᆡ 슈히 단여 오라 ᄒᆞ시고 ᄋᆞ쥬 ᄉᆞᆷᄇᆡ을 친니

권ᄒᆞ여

보ᄂᆡ더라 ᄒᆡ션니 탑젼의 ᄒᆞ직ᄒᆞ고 ᄂᆞ와 부닌게 ᄒᆞ직ᄒᆞ고 여러

날만의

陸路로 四萬 四千 里을 득달ᄒᆞ여 슈로을 당ᄒᆞ여ᄂᆞᆫ지라 즉시

ᄉᆞ공을

ᄌᆡ쵹ᄒᆞ여 ᄇᆡ을 타고 갈 졔 영ᄌᆞᄂᆞᆫ 쇠을 가지고 션두의 셔셔 동셔남

북을 가리고 ᄇᆡ장 안의셔ᄂᆞᆫ 쳔ᄒᆞ 지도을 녹코 쥰풍을 ᄯᅡ라 만경ᄎᆞᆼ

파을 쥬야로 가던니 ᄂᆞᆺᄃᆡ ᄃᆡ풍니 니러ᄂᆞ며 슈젹 장ᄎᆔ경니 비션

쳔여

ᄎᆈᆨ을 모와 도ᄉᆞ의 ᄇᆡ을 향ᄒᆞ여 워여 曰 도ᄉᆞ야 ᄇᆡ을 머무르고 밧비

날ᄂᆡᆫ 칼을 바드라 ᄒᆞ며 달여들거날 ᄒᆡ션니 ᄉᆞᆷ 쳑 ᄌᆞᆼ금을 들고

션두의 ᄂᆞ셔며 호령을 츄ᄉᆞᆼ갓치 ᄒᆞ니 슈젹 하닌니 들려가 살펴

그런 말을 하느냐?"

해선이 다시 엎드려 아뢰기를,

"해평 도사는 제 평생의 소원이로소이다."

하니 천자가 마지못하여 해선에게 해평 도사를 제수하시며 당부하여 말씀하시기를

"부디 쉬이 다녀오라."

하시고 어주(御酒) 세 잔을 친히 권하시고 보내더라. 해선이 황제께 하직하고 나와서는 부인께 하직하고 여러 날만에 육로(陸路) 사만 사천 리를 다 가고 수로(水路)를 가게 되었는지라. 즉시 사공을 재촉하여 배를 타고 가는데, 영좌는 쇠를 가지고 선두에 서서 동서남북을 가리키고, 뱃장 안에서는 천하 지도를 놓고 순풍을 따라 만경창파(萬頃蒼波)를 주야로 갔더라. 이때 큰 바람이 일어나며 수적(水賊) 장취경이 비선(飛船) 천여 척을 모아 도사의 배를 향하여 외쳐 말하기를,

"도사야, 배를 멈추고 어서 바삐 날랜 칼을 받으라."

하며 달려드니 해선이 삼 척이나 되는 긴 칼을 들고 선두에 나서며 호령을 찬 서리같이 내린다. 그런데 수적(水賊)의 하인이 들어가 살펴보니

본니 졔에 집 셔방님니라 즉시 장쵞경게 엿자온듸 쵞경니 니 말을
듯고 닐번 놀닉며 닐번 반가온 마음을 층양치 못할너라 니 날 희평 골의 도님ᄒᆞ고 쉬던니 닛듸 니 부닌과 쥬 할님니 가로듸 희평 도ᄉᆞ의
정ᄉᆞ가 귀신갓고 말그심니 일월갓다 ᄒᆞ니 우리도 원정을 ᄒᆞ고ᄌᆞ
ᄒᆞ여 만단 ᄉᆞ연을 지여 가지고 희평 골의 나려와 원정을 드린니 그 원
정을 보시고 쥬 할님 원정닌 쥴 알고 무릅 밋틔 넉코 쥬 할님과
니 부닌을 별당의 모셔 쥽기고 안으로 더부러 다시 들어가 십여 부
닌계 엿ᄌᆞ오듸 분을 춤물 길리 읍ᄉᆞ온니 부닌 분부만 지다리ᄂᆞᆫ
니다 ᄒᆞᆫ듸 십여 부닌이 曰 그놈의 살은 우리 여러시 먹고 간은 닉여
부모 잡슈시고 ᄲᅧᄂᆞᆫ 가라 군ᄉᆞ을 먹기라 ᄒᆞ니 니날 쵞경을 청
하여 존치을 비셜ᄒᆞ고 큰 문을 잡펀니 그 온ᄂᆞᆫ 거동을 보쇼셔 저

저의 집 서방님이라. 즉시 장취경에게 이를 여쭈오니, 취경이 이 말을 듣고 한편으로는 놀라며 다른 한편으로는 반가운 마음을 측량치 못하겠더라. 이 날 해평 골에 도임하고 쉬더라. 이때 이 부인과 주 한림이 말하기를

"해평 도사의 다스림이 귀신같고 맑으심이 해와 달 같다 하니 우리도 원정을 해 보자."

하여 있었던 온갖 사연을 글로 지어 해평 골에 내려와 원정을 드리니, 그 원정을 해평 도사가 보시고 주 한림 원정인 줄 알고 무릎 밑에 넣었다. 그리고 주 한림과 이 부인을 별당에 모셔 숨기고 안으로 함께 다시 들어가 십여 부인께 여쭈기를,

"분을 참을 길이 없사오니 부인 분부만 기다리겠습니다."

하니 십여 부인이 말하기를,

"그놈의 살은 우리 여럿이 먹고 간은 내어 부모께서 잡수시고, 뼈는 갈아서 군사에게 먹이라."

한다. 이날 취경을 청하여 잔치를 배설하고 큰 문을 여니 그 오는 거동을 한번 보소서. 저

23－뒤

죽을 쥴 모로고 의긔양양ᄒᆞ여 드러 온니 급피 쥬촌을 ᄂᆡ여 ᄃᆡ
졉ᄒᆞ고 ᄒᆡ션니 분을 니긔지 못ᄒᆞ여 장쥐경을 급피 결박ᄒᆞ라
ᄒᆞᄂᆞᆫ 쇼ᄅᆡ 관ᄉᆞ가 뒤눕ᄂᆞᆫ 듯ᄒᆞ더라 장쥐경니 ᄯᅳᆺ박게 강ᄉᆞᆼ지변
을 만난니 놀ᄂᆡ여 젼ᄉᆞᆼ을 쳐다 본니 쥬봉과 ᄒᆞᆫ가지로 안자거날
그졔야 죽을시 분명ᄒᆞ도다 ᄒᆞ며 曰 횡악ᄒᆞᆫ 븜의 ᄉᆡ기을 길너 ᄃᆡ
환을 만ᄂᆞᆫ또다 ᄒᆞ며 슈원슈구 ᄒᆞ리요 ᄒᆞ더라 ᄂᆡᆺᄯᅢ 십여 부닌니
닐시의 달여드러 동닌 ᄎᆡ로 셰우고 살을 졈졈니 ᄯᅡᆨ가 십여 부
닌니
먹고 ᄯᅩ 간을 ᄂᆡ여 쥬봉과 니 부닌과 ᄒᆡ션니 먹고 ᄲᅨᄂᆞᆫ 가라
군ᄉᆞ을
먹기더라 그 철천지 원슈는 갑파씨ᄂᆞ 츙비 옥염니 만경ᄎᆞᆼ파
의 죽어씬니 어ᄃᆡ 가 다시 블리요 ᄒᆞ고 그 연유로 天子게 쥬달
ᄒᆞ고
쥬야로 ᄋᆡ통하더라 예젹의 天子 쥬봉의 ᄉᆞᆼ쇼을 보시고 놀놉고

죽을 줄 모르고 의기양양하여 들어오니 급히 술과 음식을 내어 대접한다. 해선이 분을 이기지 못하여 장취경을 얼른 결박하라고 하는 소리에 관사가 뒤집히는 듯하더라. 장취경이 뜻밖에 이런 변고를 만나니 놀라서 도사 앉은 자리를 보니 주봉과 함께 앉아 있구나. 그제야 자신이 죽게 된 것이 분명하다 하면서 말한다.

"흉악한 호랑이 새끼를 길러서 이렇게 큰 환란을 맞는구나."

하며

"누구를 원망하며 누구를 탓하리요."

하더라. 이때 십여 부인이 일시에 달려들어 장취경을 묶은 채로 세워 두고 살을 점점이 깎아서 십여 부인이 먹고 또 간을 꺼내어 주봉과 이 부인과 해선이 먹고 뼈는 갈아서 군사에게 먹이더라. 그 철천지 원수는 갚았으나 충성된 종 옥염은 만경창파(萬頃蒼波)에 빠져 죽었으니 어디 가서 다시 보겠는가 하고 그 연유를 천자에게 아뢰고 주야로 애통해 하더라. 그 때 천자는 주봉이 올린 상소문을 보시고

24－앞

그리흔 닐도 世上의 닛도다 ᄒᆞ시며 ᄒᆡ션의 승을 곤쳐 쥬ᄒᆡ션니라 ᄒᆞ시며 천변슈록 졔ᄉᆞ[70]을 지ᄂᆡ면 츙비 옥염을 다시 보리라 ᄒᆞ여더라 잇ᄯᅴ 쥬봉니 천ᄌᆞ ᄒᆞ교을 본니 ᄒᆞ엿씨되 쥬봉으로 젼의 하던 벼술을 봉ᄒᆞ시고 ᄒᆡ션으로 츙졀과 효ᄌᆞ로 天下 방어ᄉᆞ을 봉ᄒᆞ시고 쥬봉의 모친으로 졍열 부닌을 봉ᄒᆞ시고 부닌으로 슉열 부닌을 봉ᄒᆞ시고 그 ᄂᆞ문 부인은 다 각각 직쳡을 도도와 ᄂᆞ리

온니 십여 부닌니 천은을 츅ᄉᆞᄒᆞ더라 잇ᄯᅴ 할님과 방어ᄉᆞ 북향ᄉᆞ빅ᄒᆞ고 천은을 츅ᄉᆞᄒᆞ며 못ᄂᆡ 치ᄒᆞᄒᆞ고 모친을 쥬야 ᄉᆞ모ᄒᆞ시

며 曰 우리넌 천힝으로 ᄉᆞ라건니와 옥염니 海中의 쥭음 보고 혼빅도 못 다려 가온니 니런 슬러온 일니 어듸 닛ᄉᆞ올릿가 ᄒᆞ며 서로 붓

들고 통곡ᄒᆞ다가 ᄯᅩ 하랄님게 빌며 이통ᄒᆞ니 玉皇上帝 龍皇

"놀랍고 기이한 일도 세상에 다 있구나."
하시며 해선의 성을 고쳐 주해선이라 하시며 천변수륙 제사를 지내면 충성된 종 옥염을 다시 볼 수 있으리라 하였더라.

이때 주봉이 천자의 하교를 보니 거기 쓰여 있기를, 주봉으로 전에 하던 벼슬을 봉하시고, 해선으로 충절과 효자로 천하 방어사를 봉하시고, 주봉의 모친으로 정열 부인을 봉하시고, 부인으로 숙열 부인을 봉하시고 그 나머지 부인들은 다 각각 직첩을 돋우어 내리시니 십여 부인이 하늘같은 은혜에 감사하며 인사하였다. 이때 한림과 방어사는 북향 사배하고 하늘같은 은혜에 감사 인사를 올리며 이루다 말할 수 없이 깊이 감사하고 모친을 주야 사모하며 말한다.

"우리는 천행으로 살았습니다만 옥염이 바다 가운데 빠져 죽는 것을 보고 혼백도 못 데려 가오니 이런 슬픈 일이 어디 있겠습니까?"
하며 서로 붙들고 통곡하다가 또 하느님께 빌며 슬퍼 통곡하니, 옥황상제께서 용왕에게

24-뒤

게 분부ᄒᆞ시되 쥬봉 父子와 니 夫人 정셩니 지극ᄒᆞ고 ᄯᅩᄒᆞᆫ 옥염의 츙셩은 萬古 츙비라 옥염니 안니면 朱鳳이 엇지 사라씨며 ᄯᅩ ᄒᆡ션니 복즁의셔 ᄉᆞ라 세숭을 귀경ᄒᆞ리요 그러홈으로 옥염을 닌도 환싱ᄒᆞ게 ᄒᆞ라 ᄒᆞ더라 천변슈룩 졔ᄉᆞ을 옥염니 ᄲᅡ진 강ᄉᆡ의 ᄇᆡ셜ᄒᆞ고 天下 문복ᄉᆞ와 만죠ᄇᆡᆨ관 中의 츙졀 닛는 ᄉᆞ람으로 ᄒᆞ날님게 축슈ᄒᆞ고 억만 軍士로 三百 里 박게 금는ᄒᆞ고 夫人과 朱鳳 父子는 즌죠단발[71]의 심영ᄇᆡᆨ모[72]ᄒᆞ고 숨층단을 졍리 모고 정셩으로 비러 曰 옥염아 옥염아 다시 보ᄌᆞ 다시 보ᄌᆞ 우리 츙비 옥

염아 할님도 ᄉᆞ라오고 부닌과 복츙의 든 ᄋᆡ기도 ᄉᆞ라왓다

너도 ᄉᆞ라 오너라 보고 지고 보고 지고 혼리라도 닷시 ᄒᆞᆫ 번 보고 지고

듯고 지고 듯고 지고 ᄇᆡ장 안의셔 비던 쇼ᄅᆡ 듯고 지고 보고 지고 보고 지고

분부하시되,

"주봉 부자(父子)와 이 부인의 정성이 지극하고 또한 옥염의 충성은 만고(萬古)[73]에 드문 충성이라. 옥염이 아니면 주봉이 어찌 살았을 것이며 또 해선이는 복중에서 어떻게 살아 세상을 구경하였겠는가? 그러므로 옥염을 인도하여 환생하게 하라."

하더라.

천변수륙 제사를 옥염이 빠진 강가에 배설하고 천하의 점술가들과 만조백관 중에 충절이 있는 사람으로 하느님께 축수하게 한다. 그리고 억만 군사로 하여금 삼백 리 밖에 있도록 하고, 부인과 주봉 부자(父子)는 전조단발(剪爪斷髮)에 신영백모(身纓白茅)하고 삼층 단을 쌓아 놓고 정성으로 빈다.

"옥염아, 옥염아. 다시 보자, 다시 보자. 우리 충성된 종 옥염아. 한림도 살아오고 부인과 뱃속에 든 아기도 살아왔다. 너도 살아 오너라. 보고 지고, 보고 지고. 혼이라도 다시 한 번 보고 지고. 듣고 지고, 듣고 지고. 뱃장 안에서 빌던 소리, 듣고 지고, 보고 지고, 보고 지고.

25 – 앞

남복으로 월침침야 숨경의 도망ᄒᆞ던 그동 보고 지고 드러 보ᄌᆞ
드러 보ᄌᆞ
강ᄊᆞ의 홀노 안ᄌᆞ 우던 쇼릐 드러 보ᄌᆞ 도젹놈 장취경니 달여
올 제
진욕ᄒᆞ던 말 다시 ᄒᆞᆫ 번 드러 보ᄌᆞ 비는 쇼릐 용궁의 ᄉᆞ못ᄎᆞ더라
잇ᄯᆡ 용왕니 옥염다려 분부 曰 네 나가 얼골만 뵈리고 오라
ᄒᆞ신ᄃᆡ
옥염니 ᄒᆡ즁의셔 졔우 목만 뵈리고 부닌을 바라보며 曰 날을
살여
쥬옵쇼셔 ᄒᆞ니 억만 군ᄉᆞ와 굿보는 ᄉᆞ람니 뉘 안니 울리요 옥
염니
도로 물 쇽으로 드러가고 뵈리지 안니 ᄒᆞ거날 할님 부체 발을
구루
며 통곡 曰 옥염아 옥염아 어리 얼골만 뵈리고 도로 드러 가는
야 ᄒᆞ고 울더라
닛ᄯᆡ ᄇᆡᆨ관니 天子 前의 엿ᄌᆞ오ᄃᆡ 옥염니 얼골만 뵈리고 물쇽으로
도로 드러가온니 니 닐을 읏디 ᄒᆞ올릿가 ᄒᆞ여거날 天子 보시고
ᄌᆞ탄 曰
졍셩니 부족함으로 그러ᄒᆞ도다 ᄯᅩ 졍셩으로 三日 졔을 극진니

남자 복장으로 달 깊은 한밤중에 도망하던 거동, 보고 지고. 들어 보자, 들어 보자. 강가에 홀로 앉아 울던 소리 들어 보자. 도적놈 장취경이 달려올 때 설욕하던 말 다시 한 번 들어 보자."
하고 비는 소리가 용궁에 사무쳤더라. 이때 용왕이 옥염에게 분부하여 말하기를,
"너는 나가 얼굴만 보이고 오라."
하신대, 옥염이 바다 가운데에서 겨우 목만 보이고 부인을 바라보며 말한다.
"나를 살려 주옵소서."
하니, 억만 군사와 구경하는 사람들이 누가 울지 않겠는가? 옥염이 도로 물속으로 들어가고 보이지 아니 하거늘, 한림 부부가 발을 구르며 통곡한다.
"옥염아, 옥염아. 어찌하여 얼굴만 보이고 도로 들어가느냐?"
하고 울더라.
이때 백관이 천자 앞에 나아가 여쭈오되,
"옥염이 얼굴만 보이고 물속으로 도로 들어가오니, 이 일을 어찌 하오리까?"
하니, 천자께서 보시고 자탄하여 말한다.
"정성이 부족하여 그러하도다. 또 정성으로 삼일제를 극진히

ᄒᆞ라 ᄒᆞ시거날 ᄃᆡ신이며 문여덜리 지셩으로 비러 曰 등장 가ᄌᆞ
등장 가ᄌᆞ 玉皇上帝게 등ᄌᆞᆼ 가ᄌᆞ 비ᄂᆞᆫ니다 비ᄂᆞᆫ니다 ᄒᆞ날님
前의 비ᄂᆞᆫ니다
ᄒᆞ던니 츙비 옥염니 海中의셔 달 돗다지 ᄒᆞ며 허리만 뵈니고
팔을
허위며 할님과 부닌을 향ᄒᆞ여 울며 曰 ᄋᆡ고 ᄋᆡ고 셔룬지고 니
ᄂᆡ 몸
살여 쥬옵쇼셔 ᄒᆞᄂᆞᆫ 쇼ᄅᆡ 草木니 안니여든 웃지 울지 안니ᄒᆞ며 土
石니 안니여던 웃지 무심한가 잇ᄯᆡ 쥬 할님니 그 경ᄉᆞᆼ을 보고
달여들
고져 ᄒᆞ니 방어ᄉᆞ 히션니 붓들고 위로 曰 아모리 경ᄉᆡᆼ은 잔ᄂᆡᆼᄒᆞᆫ덜
웃지 만경ᄎᆞᆼ파의 달여드올릿가 니러할 ᄯᆡ 옥염니 ᄯᅩ 물쇽을로
도로
드러가거날 ᄯᅩ 다시 天子게 쥬달ᄒᆞᆫᄃᆡ 황졔 더욱 ᄌᆞ탄ᄒᆞ시고 친니
즌죠단발의 신영ᄇᆡᆨ모ᄒᆞ고 ᄒᆞ날님게 비러 曰 萬古 츙비 옥염의 쥬
금은 상졔계옵셔도 아올 거신니 졔의 츙열을 위ᄒᆞ여 슈륙졔을 지

지내라."
하시니 대신들이며 무녀들이 지성으로 빌어 말한다.
"등장 가자. 등장 가자. 옥황상제님께 등장 가자. 비나이다. 비나이다. 하느님 앞에 비나이다."
하더니 충성된 종 옥염이 바다 가운데에서 달 돋듯이 하며 허리만 보이고 팔을 허위허위 저으며 한림과 부인을 향하여 울며 말한다.
"애고, 애고. 서러운지고. 이 내 몸 살려 주옵소서."
하는 소리에 초목이 아니라면 어찌 울지 아니하며, 흙, 돌이 아니라면 어찌 무심할 수 있겠는가? 이때 주 한림이 그 모습을 보고 달려들고자 하니, 방어사 해선이 붙들고 위로하여 말하기를,
"아무리 모습이 애처롭고 불쌍하다고 하여도 어찌 만경창파(萬頃蒼波)에 달려드십니까?"
이러할 때 옥염이 또 물속으로 도로 들어가니 또 다시 천자께 아뢰니 황제가 더욱 자탄하시고 친히 전조단발(剪爪斷髮)에 신영백모(身纓白茅)하고 하느님께 빌어 아뢴다.
"만고에 충성된 종 옥염의 죽음은 옥황상제께옵서도 아실 것이옵니다. 그 충성과 절개를 위하여 수륙제를

26－앞

ᄂᆡ온니 니제 다시 인도 환싱ᄒᆞ여 졔의 슈혼을 풀고 졔의 ᄉᆞᆼ젼
양위을 다
시 보게 ᄒᆞ시면 졔의 츙절문을 셰워 千萬 年이라도 유젼코ᄌᆞ
하온
훼손 부분 니다 옥황ᄉᆞᆼ제게ᄋᆞᆸ셔 다시 살여 듀ᄋᆞᆸ쇼서 빌기을 다
훼손 부분 ᄒᆞᄉᆞ ᄯᅩ 다시 슈륙제을 지셩으로 지ᄂᆡ라 ᄒᆞ시거날 닛ᄯᅵ
훼손 부분 게ᄋᆞᆸ셔 옥염을 世上의 ᄂᆡ여 보ᄂᆡ되 ᄯᅩᄒᆞᆫ 다시 人間八
훼손 부분 파ᄒᆞ시ᄆᆡ 니젹의 龍皇니 上帝 분부을 듯고 잇던
훼손 부분 日제을 지극키 지ᄂᆡ니 ᄒᆡ즁의셔 ᄯᅩ 달 돗닷 ᄒᆞ며 옥
훼손 부분 부루며 팔을 허위허위 ᄒᆞ며 날을 건져 쥬ᄋᆞᆸ쇼서
훼손 부분 고 ᄉᆞᆫ만 허윈니 모든 부인과 할님니 셔로 븟
훼손 부분 답답ᄒᆞᆫ 일도 世上의 잇ᄯᅩ다 할제 용왕게ᄋᆞᆸ
훼손 부분 너 분부ᄒᆞ시되 급피 나가 옥염을 살

지내오니 이제 다시 인도하셔서 환생하게 하시어 저의 물에 빠진 혼을 풀고, 저의 상전 부부를 다시 보게 하시면 저의 충절문을 세월 천만 년이라도 유전하고자 하옵니다.

"비나이다. 비나이다. 옥황상제께옵서 다시 살려 주옵소서."

빌기를 다 마친 후에 명령하시기를, 또다시 수륙재를 지성으로 지내라 하신다. 이때 옥황상제께옵서 옥염을 세상에 내보내되 또한 다시 인간 생애 팔십 년을 허락하신다. 또 다시 제사를 극진한 정성으로 지내니 바다 가운데에서 또 달 돋듯 하며 옥염이 주 한림 부부를 부르며 팔을 허위허위 저으며

"저를 건져 주옵소서."

하고 손만 허위허위 흔드니 모든 부인과 한림이 서로 붙들고

"답답한 일도 세상에 있도다."

할 때, 용왕께옵서 분부하시기를

"급히 나가 옥염을 살려내라."

26-뒤

훼손 부분 일광 션관니 육훈중을 집고 무지기

훼손 부분 로 육한중을 붓들게 ᄒᆞ고 무지기로 건너

훼손 부분 인과 옥염니 셔로 붓들고 슬피 운니 山川草木과 비[74)]

훼손 부분 러 ᄒᆞᄂᆞᆫ 듯ᄒᆞ더라 옥염니 눈물을 긋치고 희션을

훼손 부분 져 書房任은 뉘시관ᄃᆡ 져ᄃᆡ지 스러ᄒᆞ시ᄂᆞᆫ릿가 부

훼손 부분 중의 드러런 ᄋᆡ기라 ᄒᆞ니 희션니 옥염니란 말을

훼손 부분 갑고 반갑ᄯᅩ다 옛일을 ᄉᆡᆼ각ᄒᆞ니 ᄉᆲ갓고 ᄉᆲ갓ᄯᅩ다

훼손 부분 말숨을 드른니 부인임은 ᄂᆡ의 모친니라 모친 안니면

훼손 부분 니 읏지 살며 모친닌덜 옥염 안니면 엇지 살며 ᄯᅩ ᄂᆡ의 몸

니 읏지 ᄉᆞ라ᄂᆞ셔 니리 귀니 되며 부친의 원슈을 뉘라셔 갑푸

며 우리 츙비 옥염의 원슈을 뉘라셔 갑푸리요 ᄒᆞ고 이 연유을

하시니, 일광 대사가 육환장을 짚고 무지개 다리를 놓아 육환장을 붙들게 하고 무지개로 건너가게 한다. 부인과 옥염이 서로 붙들고 슬피 우니 산천초목(山川草木)과 비금주수(飛禽走獸)들도 슬퍼하는 듯하더라. 옥염이 눈물을 그치고 해선을 돌아보며,

"저 서방님은 누구시기에 저렇게 슬퍼하시나이까?"

부인이 말하기를,

"뱃속에 들어있던 아기라."

하니, 해선이 옥염이란 말을 듣고는

"반갑고, 반갑도다. 옛일을 생각하니 꿈같고 꿈같도다. 말씀을 들으니 부인님은 나의 모친과 같습니다. 모친이 안 계셨다면 저는 어떻게 살았겠으며, 모친께서는 옥염이 아니었던들 어찌 살았겠습니까? 또 나의 몸은 어떻게 살아나서 이렇게 이렇게 귀하게 되며, 아버지의 원수는 누가 어찌 갚았겠으며, 우리 충성된 종 옥염의 원수는 누가 갚았겠습니까?"

하고 이 연유를

27 – 앞

天子 前의 쥬달ᄒᆞ니 皇帝 그 ᄉᆞ연을 보시고 젼교ᄒᆞ시되 승ᄉᆼ 쥬봉
으로 셥졍王을 봉ᄒᆞ시고 으ᄉᆞ 희션으로 左右 승ᄉᆼ을 봉ᄒᆞ여 졔
의 父親 셥졍왕의 뒤을 보게 ᄒᆞ고 왕 夫人으로 王비을 봉
ᄒᆞ시고 니 부인으로 슉열 부닌을 봉ᄒᆞ시고 ᄯᅩ 옥염으로 萬
古 츙열 夫人을 봉ᄒᆞ엿ᄯᅥ라 릿ᄯᅴ 희션의 父 할님과 부닌과
옥염을 뫼시고 皇城으로 올나갈ᄉᆡ 그 거동은 天子의 그동의
비길너라 皇城의 득달ᄒᆞ니 皇帝 南天門 박게 ᄂᆞ와 맛질
ᄉᆡ 글리던 졍을 읏지 다 층양ᄒᆞ리요 승ᄉᆼ의 父子며 李 夫
人과 옥염니 급피 本宅으로 드러가 王 夫人을 붓들고 통곡 曰
不孝子 朱鳳니 왓ᄂᆞ니다 ᄒᆞ니 王 夫人니 아들과 며날니

천자 앞에 아뢰니, 황제께서 그 사연을 보시고 명령을 내리시기를 승상 주봉에게는 섭정왕을 봉하시고, 어사 해선에게는 좌우승상을 봉하여 저의 부친 섭정왕의 뒤를 보게 하고, 왕 부인에게는 왕비를 봉하시고, 이 부인에게는 숙열 부인을 봉하시고, 또 옥염으로 만고 충열 부인을 봉하였더라. 이때 해선의 부친 한림과 부인과 옥염을 모시고 황성으로 올라가는데, 그 거동은 천자의 거동에 비할 만 하더라. 황성에 이르니 황제가 친히 남천문 밖에 나와 맞이하는데 그 그리워하던 정을 어찌 다 측량할 수 있겠는가. 승상 부자(父子)와 이 부인과 옥염이 급히 본댁으로 들어가 왕 부인을 붙들고 통곡하여 말한다.

"불효자 주봉이 왔나이다."

하니 왕 부인이 아들과 며느리를

을 붓들고 통곡ᄒᆞ며 니거시 삶니랴 ᄉᆡᆼ시야 아마도 삶리면
싸칠가 ᄒᆞ로라 ᄒᆞ고 긔절ᄒᆞ신니 ᄒᆡ셩과 옥염을 위로
ᄒᆞ며 구완[75]ᄒᆞ니 계우 닌ᄉᆞ을 ᄎᆞ리여 셔로 숀을 붓들고
十七 年 고ᄉᆡᆼᄒᆞ던 말을 셜화ᄒᆞ고 옥염은 용왕의 신ᄒᆞ된
말솜과 옥황ᄉᆞᆼ제 용궁국의 분부ᄒᆞ여 닌간으로 ᄂᆡ여 보ᄂᆡ라
ᄒᆞ시던 말솜을 낫낫치 알외고 셔로 그리던 졍을 못ᄂᆡ ᄋᆡ연
ᄒᆞ더라 엿날 쥬봉의 부ᄌᆡ 궐ᄂᆡ의 드러가 국궁ᄉᆞᄇᆡ ᄒᆞᆫᄃᆡ ᄉᆞᆼ
니 두 손을 각각 자부시고 용누을 지우시며 이르ᄉᆞ 짐니 박지 못
ᄒᆞ야 여러 ᄒᆡ 고ᄉᆡᆼᄒᆞ여스니 막비쳔슈라 ᄒᆞ시고 잇ᄯᆡ 황제 ᄒᆞ교 왈
츙신은 ᄇᆡᆨᄃᆡ라도 소닌이라 ᄒᆞ고 朝졍의 거ᄒᆞ여 별궁을 지여 쥬
봉의 가속을 각각 것쳐ᄒᆞ게 ᄒᆞ고 옥염은 만고 츙열문을 지여
쳔츄만

붙들고 통곡하며

"이것이 꿈인가 생시인가? 아마도 꿈이라면 깰까 두렵구나."
하고 기절하시니 해선과 옥염이 위로하며 구완하니 겨우 정신을 차리어 서로 손을 붙잡고 십칠 년 고생했던 것을 이야기하고, 옥염은 용왕의 신하 되었던 말씀과 옥황상제께서 용궁국에 분부하여 인간 세계로 내어 보내라고 하시던 말씀을 낱낱이 아뢰고 서로 그리워하던 정을 못내 아쉬워하더라. 다음날 주봉의 부자(父子)가 궐내에 들어가 국궁사배(鞠躬四拜) 하니 황제께서 두 손을 각각 잡으시고 용루(龍淚)를 흘리시며 이르시기를

"짐이 밝지 못하여 여러 해 고생하였으니 이 모든 것이 하늘이 정하신 것이라."
하시고, 이때 황제께서 하교하여 이르시기를

"충신은 아무리 오랜 세월이 지나도 충신이라."
하시고서는 조정에 거하도록 별궁을 지어, 주봉의 집안 가족들을 각각 거처하게 하였다. 그리고 옥염에게는 만고 충렬문을 세워

듸라도 츙열을 표ᄒᆞ고 장안 만민과 쳔ᄒᆞ 빅셩덜도 보게 ᄒᆞ여 만셰유
젼ᄒᆞ게 표을 지엿씬이 읏지 귀ᄒᆞᆫ ᄌᆞ식이 안니리요 ᄒᆞ여더라

이 ᄎᆡᆨ 글시도 슬고 외ᄌᆞ 낙셔가 만은니 보난 ᄉᆞ람니 눌너 보시압 밤도 야심ᄒᆞ고 목도 쉬고 ᄇᆡ도 곱파 그만 긋치옵

무신정월 이십팔닐 필서 ᄒᆞ노라

후손 만대에 이르기까지 충렬을 표하고 장안에 거하는 만백성과 온 천하 백성들이 보게 하였다. 이 모든 것이 만세에 전해지도록 표를 지었으니 어찌 귀한 자식이 아니겠는가 하였더라.

이 책 글씨도 서툴고 낙서가 많으니 보는 사람이 너그러이 보아 주시길 바랍니다.

밤도 야심하고 목도 쉬고 배도 고파 이만 그칩니다.

무신년 1월 28일 쓰다.

쥬봉전이라

〈한국0047〉

국립한글박물관 소장

1 - 앞

당나라 ᄐᆡ종황제 초의 시화연풍ᄒᆞ고 만민니 경양가을
부르니 엇지 흉적치유 잇시리요만은 요순지세의도 ᄃᆡ
흉 지변니 잇거든 ᄒᆞ물며 난시을 지ᄂᆡᆯ 흉적이 업시리
요 잇ᄃᆡ의 삼천문 밧게 ᄒᆞᆫ ᄌᆡᄉᆞᆼ이 잇시되 성은 쥬요
명은 여득이라 긋ᄯᆡ의 일풍 재ᄉᆡᆼ으로 잇더니 잇
ᄯᆡ 천ᄌᆞ 천ᄒᆞ 분분ᄒᆞᆷ물 보고 인재을 어드라고 이로ᄂᆞᆫ 과
거을 본니실ᄉᆡ 천ᄒᆞ 선ᄇᆡ 구룸 못듯ᄒᆞ엿난지라 잇
ᄯᆡ의 여득이 대장즁에 드러가 글제을 ᄇᆞᄅᆡ 보니 평
ᄉᆞᆼ 징든 ᄇᆡ라 용지연의 멱을 ᄀᆞᄅᆞ 일필휘지ᄒᆞ여
신장 일천의 밧천던니 황제 그 글을 보시고 칭ᄎᆞᆫ

당나라 태종 황제 초에 시절이 평화롭고 풍년이 들어 만백성이 태평세월을 노래하니 어찌 흉악한 도적놈들이 있겠는가마는, 요순시절과 같은 태평시절에도 흉함이 있으니, 하물며 어지러운 시절을 지낼 때에 흉적이 없겠는가?

이때 남천문 밖에 한 재상이 있으니 성은 '주'요, 이름은 '여득'이었는데 그때 일품재상(一品宰相)이었다. 당시 천자가 천하의 어수선함을 보고 인재를 얻고자 하여 과거를 시행하였더니 실로 많은 선비들이 구름 모이듯 하였다. 이때 여득이 과거 시험장에 들어가 글제를 받아 보니 항상 짓던 것이었다. 용지연에 먹을 갈아 일필휘지(一筆揮之)하여 쓴 글을 맨 먼저 바치니, 황제께서 그 글을 보시고 칭찬하여

1-뒤

왈 이 그은 쥬옥ᄀᆞᆺ고 글은 천지 조화을 흉즁이 품이
시니 ᄉᆞᆼ은 천ᄒᆞ의 기남ᄌᆞᄅᆞ ᄒᆞ시고 직시 싱ᄉᆞᆼ을 불
너 멍일을 깃탁ᄒᆞ여 보온니 천문붓기 사난 쥬
싱상 아달 쥬여덕이라 하엿더라 즉시 창방ᄒᆞ여
술ᄂᆡ을 부로난 소ᄅᆡ 창안에 진동ᄒᆞ난지라 잇ᄯᅢ 서
도니 글을 지여 빗치고 집의 나와 쉬던이 실ᄂᆡ 부르
난 소ᄅᆡ을 듯고 여득의 붓처 일히일비ᄒᆞ니 여득
이 직시 궐ᄂᆡ의 드러가 사은슉ᄇᆡ[76]ᄒᆞᆯ ᄃᆡ 황제 여득
의 손을 잡으시고 경에 ᄎᆡᆨ도을 본니 츙신지손이로다
만고의 천염이라 ᄒᆞ시고 경의 성명을 알여ᄒᆞ니 뉘 집
자손이며 나니 멋치나 멋치 먹거시며 부모

말씀하시기를,

"이 글은 주옥같이 아름답고, 천지조화를 가슴속에 품은 것 같으니 이 글을 쓴 사람은 천하의 귀한 인재로구나."

하시고 그 즉시 승상을 불러 이름을 확인하여 보니, 남천문 밖에 사는 주 승상의 아들 주여득이라 되어 있었다. 이에 바로 주여득을 과거 급제자의 이름으로 올려 궐내로 부르는 소리가 장안에 진동하였더라. 이때 글을 지어 바치고 집으로 와서 쉬고 있던 주여득은 과거 급제 소식을 듣고, 아내와 함께 기뻐하였다. 여득이 즉시 궐내에 들어가 사은숙배(謝恩肅拜)하니 황제께서 여득의 손을 잡으시고는

"그대를 보니 충신의 자손임이 분명하겠다. 만고(萬古)에 드문 인재로다."

하시고 물으신다.

"그대의 성명을 알고 싶구나. 어느 집 자손이며 나이는 몇이나 되었느냐? 부모님

2 – 앞

다 구족ᄒᆞᆫ요 여독이 복쥬 구왈 소신니 남천문 밧
기 사은 쥬 싱상이 아달이삽고 나힌 십 세로소이다
ᄒᆞ고 실풍이 간절ᄒᆞ거날 황제 무르시ᄃᆡ 명이 금일
영필 길기되 실품은 무삼 일고 이욱이 당정이 ᄉᆞ려
엿자오ᄃᆡ 소신니 다림니 아니오 구ᄃᆡ 독자로 근근 반명
ᄒᆞ던니 세상 난제 삼 연만의 ᄋᆡ비 쥭삽고 다
만 모친만 모시고 세월을 보ᄂᆡ더니 어미 ᄯᅩᄒᆞᆫ 쥭삽고 의지ᄒᆞᆯ 곳
시 업서 동서개결 ᄒᆞ옵턴니 천만ᄯᅳᆺ밧기 황 상서의 사회
되여 제우 장명을 보전ᄒᆞ나니다 눈물을 무사히
흘니겨날 황제 그 거동을 보시고 잔싱이 ᄉᆡᆼ각ᄒᆞ시고
친니 잔을 드러 권ᄒᆞ시며 두 손을 잡의시고 가라사ᄃᆡ
경은 짐의 슈족이라 ᄒᆞ시고 벼살을 쥬시되 우슘상 검

님께서는 모두 살아 계시는가?"

여득이 엎드려 고하기를

"소신(小臣)은 남천문 밖에 사는 주 승상의 아들이옵고, 나이는 십 세이옵니다."

하고서는 슬픔이 가득하니 황제께서 물으시되,

"오늘은 당연히 기뻐 즐거워할 날인데, 슬픔은 무슨 일인고?"

하니, 여득이 단정히 꿇어 앉아 여쭙기를

"다름이 아니옵고, 소신(小臣)이 구대 독자로 근근이 살아와서입니다. 세상에 난 지 삼 년 만에 아버지께서 돌아가시었고, 다만 어머니만 모시고 세월을 보내었는데 어머니 또한 돌아가셨습니다. 의지할 곳이 없어 온 사방 천지로 구걸하며 살았었는데, 천만뜻밖에 황 상서의 사위가 되어 겨우 목숨을 보전하였나이다."

하며 눈물을 무수히 흘리거늘 황제께서 그 거동을 보시고, 불쌍하게 생각하시고 친히 잔을 들어 권하시며 두 손을 잡으시고 말씀하신다.

"그대는 나의 수족(手足)과 같은 신하이다."

라고 하시고 벼슬을 주시는데, 우승상 겸

2-뒤

위부상서 검 ᄒᆞᆯ님ᄒᆞᆨᄉᆞ을 제슈ᄒᆞ신니 쥬여독 일시
의 잇것 다섯설 찬니 명망이 조정의 제일니라 그러
ᄒᆞᆷ으로 조정 ᄇᆡᆨ관니 다 보와 이논ᄒᆞ다 쥬역독이 조
정 권세을 저 혼자 차지ᄒᆞ니 우리 등은 할 벼사리
업 애답고 절통ᄒᆞ다[77] ᄒᆞ고 날마닥 이논ᄒᆞ더니 좌부
상서 최 상서 미전의 전ᄒᆞ던 벼살을 아시고 분기
츙천ᄒᆞ야 그 텬ᄒᆞ로 ᄒᆡᄒᆞᆯ 모ᄎᆡᆨ을 ᄉᆡᆼ각ᄒᆞ던
니 최 상서 츌반 쥬왈 여독을 ᄒᆡ평 도사를 보ᄂᆡ면
우리 등이 살니라 ᄒᆞ고 조정ᄇᆡᆨ관으로 더부러 으논
ᄒᆞ고 탑전의 드러가 쥬달ᄒᆞ되 신 동니 듯사오니 ᄒᆡ
핑 성즁니 육노로난 사만 사철 니요 슈로로난 오만
오첩철 니오니 니여ᄒᆞ니 덕ᄎᆡᆨ이 잇지 못ᄒᆞ야

이부상서 겸 한림학사를 제수하시니 주여득은 일시에 벼슬을 다섯 가지나 받아 명망이 조정에서 제일이더라. 그래서 조정 백관들이 다 모여 의논을 하는데,

"주여득이 조정의 권세를 저 혼자서 다 차지하니, 우리는 할 벼슬이 없구나. 애달프고 절통(切痛)하다!"

하고 날마다 의논하였다. 좌부상서인 최 상서는 이전에 자기가 하던 벼슬을 생각하고 분기가 가득하여 고민하다가 주여득을 해칠 만한 묘책을 생각해 내었다. 최상서가 여러 신하들 가운데 먼저 말을 꺼내어 말하기를,

"주여득을 해평 도사로 보내면 우리가 살 것이야."

하며 조정 백관과 함께 의논하고서는 황제 앞에 나아가 아뢰기를,

"저희들이 듣기로 해평 성중이 육로(陸路)로는 사만 사천 리요, 수로(水路)로는 오만 오천 리나 떨어져 있어, 임금님의 은혜가 미치지 못하여

3-앞

히평 도사을 모르고 심니 무건ᄒᆞ야 히평 도ᄉᆞ
을 보ᄂᆡ온ᄃᆡ ᄒᆞᆫ변 ᄀᆞ으면 다시 소식을 무르는 국
가의는 심니 적 안니하오니 ᄇᆡᆨ관 즁의 장양 잇난
사람을 갈이여 그 성즁의 보ᄂᆡ야 ᄇᆡᆨ셩을 가리
치고 몬저 보난 도사 소식을 아오면 조흘가 ᄒᆞ나
이다 황제 왈 그러ᄒᆞ면 신 즁의 뉘 갈 듯 하야
하신ᄃᆡ 최 상서 엿자오ᄃᆡ 지금 ᄒᆞᆯ님ᄒᆞᆨᄉᆞ
겸 좌상서 ᄒᆞ난 쥬여득이을 명초ᄒᆞ야 보ᄂᆡ소서 ᄒᆞ
거날 황제 가라사ᄃᆡ 여득은 짐의 슈족지신[78]이라
말니 밧기 보ᄂᆡ고 국가을 ᄉᆞ질 누 더부러 이논ᄒᆞ리오 ᄒᆞ
신ᄃᆡ ᄇᆡᆨ관이 쥬왈 다은 신ᄒᆞ을 ᄇᆡᆨ면 보ᄂᆡ여
도 일고 무소식ᄒᆞ니 제ᄒᆞ게옵서 조고만ᄒᆞᆫ 사정

해평 도사를 모르고 심히 무도합니다. 해평 도사를 보내기는 하지만, 한 번 가면 다시 그 소식을 들을 수가 없으니 국가의 근심이 적지 않습니다. 신하들 중에 능력이 뛰어난 사람을 골라 그 성중에 보내어 백성을 가르치고, 먼저 보낸 도사의 소식을 알아보게 하면 좋을까 하나이다."

황제가 말하기를

"그렇다면 신하들 중에 누가 가면 좋겠느냐?"

하시니, 최 상서가

"지금 한림학사 겸 좌상서를 맡고 있는 주여득에게 명하여 보내소서."

하고 여쭈니 황제가 말하기를,

"주여득은 나의 수족(手足)과 같은 신하라. 만 리 밖에 보내고 나면 국가의 대소사(大小事)를 누구와 더불어 의논하겠는가?"

하시니 조정의 신하들이 입을 모아 말한다.

"다른 신하들 백 명을 보내어도 하나같이 소식이 없는데, 폐하께서는 조그마한 사정

3-뒤

을 ᄉᆡᆼ각ᄒᆞ시고 국가사을 혓드니 ᄒᆞ신잇가 황
제도 십별지목이라 할 길 업시 여득을 명촉ᄒᆞ
야신ᄃᆡ 쥬 승상이 ᄐᆞᆸ전의 드러와 복지ᄒᆞᆫᄃᆡ
천자 옹위을 흘니시고 전고ᄒᆞ신ᄃᆡ ᄒᆡ평 고우리 누
말니 밧기라 인심이 무고ᄒᆞ여 오륜가과 삼갓을
무루은ᄃᆞ ᄒᆞ니 공이 ᄂᆡ려가 삼강오륜을 가르쳐 ᄇᆡᆨ
성을 진훌ᄒᆞ고 슈히 도라와 짐을 도라 ᄒᆞ신ᄃᆡ
쥬어득니 정신니 아득ᄒᆞ고 흉즁이 ᄆᆡᆨ키고 이
말울 못ᄒᆞ다가 양구의 복지 쥬왈 쵸신니
폐하의 전고을 무화 즁인들 피훌잇가만인
간니난 가련이와 저ᄒᆞ게옵서 소신을 슈족갓치
사랑ᄒᆞ옵기여 소신도 엇지 일신들 펴ᄒᆞ올 지

을 생각하시고 국가의 일을 헛되이 하십니까?"

황제도 십벌지목(十伐之木)이라, 하릴없이 여득에게 해평 도사를 명하시니 주 승상이 임금께 나아와 엎드린다. 황제가 용루(龍淚)를 흘리시며 명령을 내리시기를

"해평 고을이 수만 리 밖에 있어서 인심이 사납고 오륜과 삼강을 모른다 하니 공이 내려가 삼강오륜을 가르쳐 백성을 도와주고 어서 돌아와 짐(朕)을 도우라."

하시니, 주여득이 정신이 아득하고 가슴이 막혀 아무 말도 못하다가 한참이 지난 후에 엎드려 아뢴다.

"폐하의 명령이시니 물이든 불이든 피하겠습니까? 그러나 가기는 가겠습니다만 폐하께서 소신(小臣)을 수족(手足)같이 사랑하여 주시니 저 역시 잠시라도 폐하 곁을 떠나고 싶지 않습니다."

4-앞

나올잇가 ᄒᆞ며 눈물을 비오덧 ᄒᆞ니 황제 그 거동

을 보시고 여득의 손을 잡고고 롱늄을 흘니시

며 탄식 왈 너무 스러 말고 슈이 단여오라 ᄒᆞ

신ᄃᆡ 승상이 ᄒᆞᆯ 기리 업서 탑저의 ᄒᆞ직ᄒᆞ고 집

으로 드러와 부닌의 손을 잡고 ᄯᅩ ᄒᆞᆫ 손으로 자식

쥬봉의 손을 잡고 ᄃᆡ성통곡 왈 천자 전고ᄒᆞ사 ᄒᆞ의금

ᄒᆡ평 도사을 ᄒᆞ라시ᄆᆡ ᄒᆡ평 징노을 ᄉᆡᆼ각ᄒᆞ니 육

노로다 사만 사천 니요 슈노로난 오만 철니오니 ᄒᆞᆫ변

가면 다시 오런 못ᄒᆞ고 즁는다 ᄒᆞ니 이난 조정 ᄇᆡᆨ

관니 시니ᄒᆞ난 ᄇᆡ라 쥭사온들 황면 엇지 거역ᄒᆞ

오릿가 ᄒᆞ여 부인과 쥬봉의 거족 본니 차라리

쥭고 안니 갑만 갓지 못ᄒᆞ다 ᄒᆞ고 쥬봉의 목을 한

하며, 눈물을 비 오듯 흘리니 황제께서 그 거동을 보시고 여득의 손을 잡고 용루를 흘리시며 탄식하여 말하기를

"너무 슬퍼하지 말고 어서 빨리 다녀오라."

하시니 승상이 하릴없어 임금님께 하직하고 집으로 돌아왔다. 그러고는 부인의 손을 잡고 또 한 손으로는 자식 주봉의 손을 잡고 대성통곡하며 말한다.

"천자께서 명령하시기를 나로 하여금 해평 도사를 하라고 하시는구려. 해평 가는 직로를 생각하니 육로(陸路)로는 사만 사천 리요, 수로(水路)로는 오만 오천 리나 된다오. 거기는 한번 가면 다시 오지 못하고 죽는다 하니, 이는 조정 백관들이 나를 시기하여 그런 곳으로 보내고자 한 것이오. 죽는다 한들 황제 명령이니 어찌 거역하겠소?"

하며 부인과 주봉의 모습을 보니 차라리 죽고 아니 가는 것만 못하다 하고, 주봉의 목을 한데

4-뒤

ᄐᆡ ᄃᆡ이고 궁글며 가삼을 ᄯᅮ다리며 두 발을 동동 굴
니니며 우난 소ᄅᆡ 차마 보지 못ᄒᆞᆯ네라 부인도 승
상을 보고 쥬봉의 손을 잡고 울며 왈 승상님 승상님
어린 지식 쥬봉을 뉘게 이ᄐᆡᄒᆞ며 ᄯᅩᄒᆞᆫ 천은 뉘
을 의지ᄒᆞ여 살나 하니잇가 ᄒᆞ며 우난 소ᄅᆡ 산천
초목도 다 스러ᄒᆞ난 듯ᄒᆞ더라 쥬 승상 ᄒᆞᆯ 길
니 업서 약을 먹고 즁난지라 황제 쥬 승상 죽어단 말
을 듯고 자탄 왈 여득은 짐의 슈족일너이 죽엇다
ᄒᆞ니 뉘을 더부러 국사을 이논ᄒᆞ리요 ᄒᆞ시고 왕여
로 초상 장사을 지ᄂᆡ거 ᄒᆞ다 각설 잇ᄯᆡ 부인니
쥬봉이 다리고 쥬야 ᄋᆡ통ᄒᆞ던니 세월니 어류ᄒᆞ야
삼상을 지ᄂᆡ니 쥬봉의 나이 칠 세을 당ᄒᆞ엿난

대고 뒹굴며 가슴을 두드리며 두 발을 동동 굴리며 우는 소리 차마 듣지도 보지도 못하겠구나. 부인도 승상을 보고, 주봉의 손을 잡고 울며 말한다.

"승상님, 승상님. 어린 자식 주봉을 누구에게 의탁하며 또한 저는 누구를 의지하며 살라 하십니까?"

하며 우는 소리 산천초목(山川草木)도 다 슬퍼하는 듯하였다. 주 승상은 어찌할 길이 없어 약을 먹고 죽는지라. 황제가 주 승상이 죽었다는 말을 듣고 스스로 탄식하여 말하기를.

"여득은 나의 수족(手足)과 같았는데, 이제 죽었다 하니 누구와 더불어 나라의 일을 의논하겠는가?"

하시고, 왕실의 예를 갖추어 초상을 치르게 하였다.

한편, 이때 부인이 주봉을 데리고 주야로 애통하며 지냈는데, 세월이 물과 같이 흘러 주봉의 나이가 칠 세가 되었다.

5 – 앞

지라 글을 시작ᄒᆞ니 일남첩긔 ᄉᆡᆼ이지지 ᄒᆞᆫ니
철서 고부훌 제 나지면 솔방울얼 쥬어다가 밤
이면 불을 씨고 글을 일근니 세월이 여류ᄒᆞ야 쥬봉의
나이 십사 세라 글은 천ᄒᆞ 문장이요 인물은 남즁의
호결이라 세간이 차목ᄒᆞ야 부인이 밥을 비려
다가 쥬봉을 메기든니 잇ᄯᆡ예 황제 천ᄒᆞ 인ᄌᆡ을
보려 ᄒᆞ고 ᄐᆡ평 과거을 보일ᄉᆡ 쥬봉이 과거 기별
을 듯고 부인 젼의 엿자오ᄃᆡ 과거을 보일ᄉᆡ 쥰다 ᄒᆞ
다 소자도 귀경코자 ᄒᆞ난니다 ᄒᆞ거늘 부닌니 이 말을
듯고 네가 아모리 보고저 ᄒᆞᆫ들 지필먹이 업서시라 엇지
과거을 본니오 ᄒᆞ며 모자 통곡ᄒᆞ니 잇ᄯᆡ의 서천문
안의 사난 이도원이 본ᄃᆡ 거부로서 그 거동을 보고 쥬 도

주봉이 글을 배우기 시작하니 한 번 본 것은 모두 기억할 정도로 총명하여 스스로 도를 깨치었다. 공부를 하는데 낮이면 솔방울을 주어다가 밤이면 불을 켜고 글을 읽으니, 세월이 흘러흘러 주봉의 나이 십사 세가 되었다. 글 실력은 천하의 문장이라 할 정도이고, 인물은 남자 중의 호걸이었다. 그러나 세간살이가 참혹할 정도로 가난하여 부인이 밥을 빌어다가 주봉을 먹이었다. 이때 황제가 천하의 인재를 구하려고 태평과를 실시하였다. 주봉이 과거 시행 소식을 듣고 부인께 여쭙기를,

"과거(科擧)를 시행한다고 하니 소자(小子)도 서울에 가고자 합니다."

한다. 부인이 이 말을 듣고

"네가 아무리 과거(科擧)를 보고자 한들 지필묵(紙筆墨)이 없으니 어찌 과거(科擧)를 보겠느냐?"

하며 모자가 통곡하니 이때 남천문 안에 사는 이도원이라 하는 큰 부자(富者)가 그 거동을 보고

5-뒤

영임을 불너 왈 도련님은 무삼 연고로 저ᄃᆡ지 ᄋᆡ통ᄒᆞ신난
잇가 쥬 도련님니 답왈 다름이 아니라 과거을 뵈인ᄃᆡ ᄒᆞ
니 지필먹 살 것시 업서 글노 설워ᄒᆞ노라 ᄒᆞ거날 이
도원이 엿자오ᄃᆡ 이번 과거 보옵소서 질역은 누만금이라
도 소인이 당ᄒᆞ올거신니 조금도 염예 마을시고 소인ᄃᆡᆨ으
로 가사이다 ᄒᆞ고 ᄒᆞᆫ가지로 갈 조흔 쥬찬을 ᄂᆡ여 극
진니 ᄃᆡ접ᄒᆞ고 과양과 약식과 부송ᄒᆞ되 ᄇᆡ미 ᄇᆡᆨ석과
황금 일천 양을 쥬되 유선 과거을 보옵소서 ᄒᆞ고 이도
원이 사환으로 시겨 무슈이 천금ᄒᆞ며 소원이이면 과거는
누만금이라도 소인이 당ᄒᆞᆯ리다 ᄒᆞ고 이도원니 사환
은 그 양식과 과장츌문을 쥬어 도련님 ᄯᆡᆨ으로 드리그눌
부인인니 놀ᄂᆡ어 문왈 이 ᄌᆡ물이 적지 안니ᄒᆞᆫ지라

주 도련님을 불러 말하기를,

"도련님께서는 무슨 연고로 그렇게 애통해 하시는지요?"

주 도련님이 답하기를

"다름이 아니라 과거(科擧)를 본다 하는데, 지필묵(紙筆墨) 살 돈이 없어 이렇게 서러워하노라."

하거늘, 이도원이 여쭙기를

"이번 과거(科擧)를 보옵소서. 돈은 수만금이 든다 할지라도 소인(小人)이 담당할 것이오니 조금도 염려하지 마시고, 저희 집으로 가십시다."

하여 함께 이도원의 집으로 가니, 좋은 마실 것과 음식을 내어 극진히 대접하고 먹을 것들을 보내되 백미 백 석과 황금 일천 냥을 주면서

"우선 과거(科擧)를 보옵소서."

한다. 이도원이 사환을 시켜 많은 천금을 보내며, 소원이라면 과거(科擧)는 수만금이라도 자신이 감당한다면서 사환에게 그 양식과 문서를 주어 도련님 댁으로 드리니, 부인이 깜짝 놀라 묻는다.

"이 재물이 적지 않은지라."

ᄒᆞ고 쥬봉의 손 잡고 문왈 누가 쥬던야 쥬봉 엿자오되 문
안은 사은 농인 이도원니 쥬시더이다 부인니 답왈 이
전곡[79] 쥬난 은헤난 이 세상의난 다 갑지 못ᄒᆞᆯ 거신니
쥭어 지ᄒᆞ의 도라간들 만분지일이나 갑풀가 ᄒᆞ
노라 ᄒᆞ던니 잇ᄯᆡ의 과거날니 당ᄒᆞ엿난지라 쥬봉의 필먹
과 명질을 가지고 장즁의 드러가 글제을 바ᄅᆡ본니
평ᄉᆡᆼ 짓든 ᄇᆡᄅᆡ 일필휘지ᄒᆞ야 선장의 일천ᄒᆞ야
밧첫든니 황제 글 보시고 치찬 왈 이 글은 귀귀마당
쥬옥이오 혹혹마당 요사비몽이라 ᄒᆞᆫ인 딘실노
기남자라 ᄒᆞ시고 또 가로사ᄃᆡ 이 그리 옛날 쥬 승상의
글시가 분명ᄒᆞ도다 ᄒᆞ며 명지을 지ᄐᆡᆨᄒᆞ여 실ᄂᆡ을 부
르신니 잇ᄃᆡ 농인 이도원니 ᄃᆡ방ᄒᆞ엿던니 실ᄂᆡ 부으난

하고, 주봉의 손을 잡고 묻기를
"누가 주더냐?"
주봉이 여쭙기를
"문 안에 사는 농사꾼 이도원이라는 분이 주시었습니다."
하니, 부인이 답하여 말하기를
"이 전곡(錢穀)을 주시는 은혜는 이 세상에 사는 동안에는 다 갚지 못할 것이니, 죽어 지하에 돌아간다 한들 만분지일이나 갚을 수 있을까 싶구나."
하셨다. 이때 과거날이 되어 주봉이 붓과 먹, 명주를 가지고 시험장에 들어가 글제를 바라보니 평소에 늘 짓던 것이었다. 그래서 일필휘지하여 맨 처음 답안지를 제출하였더니 황제께서 그 글을 보시고 칭찬하여 말씀하시기를,
"이 글은 구구(句句)마다 주옥같고 아름다우니 진실로 뛰어난 인재로구나."
하시고 또 말씀하시기를
"이 글을 보니 옛날 주 승상의 글씨가 분명하다."
하시고, 봉투를 열어 이름을 보고 궐내로 부르시더라. 이때 농사꾼 이도원이 과거 결과가 나오기를 기다리고 있었다가, 궐내로 부르는

6-뒤

소릐 듯고 ᄒᆞᆫ거음의 쥬 도련님 ᄯᆡᆨ의 가면 도련님 도련님 알
성급제 하엿다 ᄒᆞ고 도련님을 실ᄂᆡ 부르난 소릐을 못
드르시난잇가 ᄒᆞ면 목은 츔이 업시 ᄒᆞ거들 부인이
그 말을 듯고 실품을 며금고 쥬봉의 손을 잡고 승상 말삼을
ᄒᆞ시며 슬어ᄒᆞ시거날 쥬봉이 위로 왈 모친을 너무 슬혀
마르소서 ᄒᆞ고 직시 궐ᄂᆡ의 드러가 탑전의 복지사ᄇᆡ ᄒᆞ
온ᄃᆡ 황제 쥬봉을 보시고 다시 문왈 처도을 보니 얼골과
거동이 전의 승상 쥬여독의 얼골과 호발도 다음이 업신니
아지 못거라 뉘 집 자손이며 나흔 몃치나 ᄒᆞ오 쥬봉이
복지 쥬왈 소신은 남천문 밧긔 사난 쥬여득의 아달
이솝고 나헌 십사 셰로소이다 천자 드르시고 ᄒᆞᆫ 거름
에 ᄂᆡ달나 쥬봉의 손을 잡고 친찬 왈 용은 용낫

소리를 듣고 한걸음에 주 도련님 댁으로 가서

"도련님! 도련님 알성 급제하였다 하고 도련님을 궐내로 부르는 소리 못 들으셨습니까?"

하며 목이 침이 없도록 소리치며 들어온다. 부인이 그 말을 듣고 슬픔을 머금고 주봉의 손을 잡으시고 승상 말씀을 하시며 슬퍼하시니, 주봉이 위로하여 말한다.

"어머니께서는 너무 슬퍼하지 마소서."

하고 즉시 궐내에 들어가 임금님 앞에 엎드려 절하였다.

황제께서는 주봉을 보시고 다시 물으시기를

"내가 보니 얼굴과 거동이 전에 있던 승상 주여득과 털끝만큼도 다름이 없으니 참 모를 일이구나. 어느 집 자손이며 나이는 몇이나 되었느냐?"

주봉이 엎드려 말씀드리기를

"소신(小臣)은 남천문 밖에 사는 주여득의 아들이옵고, 나이는 십사 세이옵니다."

천자께서 들으시고는 한걸음에 달려 나가 주봉의 손을 잡으시고는 칭찬하신다.

"용은 용을 낳고

7 – 앞

고 병은 병을 낫난이다 ᄒᆞ더니 과연 올토다 ᄒᆞ고 쥬
봉의 손을 잡고 엿일을 ᄉᆡᆼ각ᄒᆞ니 슬프고 ᄋᆡ답도
다 ᄒᆞ시며 직을의 벼살을 ᄒᆞᄃᆡ 경의 ᄋᆡ비 ᄒᆞ
는 벼살노 이부상서 좌부상서 좌우승지 겸 훌님혹
사을 제슈ᄒᆞ라신니 일일을 지ᄂᆡ의 병부 닷섯슬 ᄎᆞ
진니 경망의 조정의 진ᄒᆞ는지라 황제 염탐ᄒᆞ시고 이
승상을 명촉ᄒᆞ신니 즉시 궐ᄂᆡ의 드러가 복지혼ᄃᆡ
상이 문왈 짐의 든의 경잇 ᄃᆡ을 두엇다 ᄒᆞ니 쥬 상
서의 아달 쥬봉을 사회사마 ᄇᆡᆨ연동낙ᄒᆞ면 그 안이
조흘손가 ᄒᆞ신ᄃᆡ 승상이 복지 쥬왈 소신 니변 과
거의 사람을 가리여 사회을 삼으려 ᄒᆞ엿삽더니
황제 전고ᄒᆞ신니 엇지 사향훌잇가 ᄒᆞ고 승상 즉

호랑이는 호랑이를 낳는다 하더니 과연 그 말이 맞구나."
하시며 주봉의 손을 잡고
"옛 일을 생각하니 슬프고 애달프구나."
하시며 벼슬을 주시는데, 주봉의 아버지가 하던 벼슬을 내리시어 이부상서, 좌부상서, 좌우승지 겸 한림학사를 제수하라 하시니 한번에 벼슬 다섯을 얻게 되어 그 명망이 조정에 진동하였더라. 황제께서 두루 살피시고는 이 승상을 불러 들이셨다. 이 승지가 즉시 궐내에 들어와 엎드리니 황제께서 물으시기를
"짐이 들으니 그대가 딸을 두었다 하니, 주 상서의 아들 주봉을 사위로 삼아 백년 동락하도록 하면 그 아니 좋겠는가?"
하시니, 승상이 엎드려 여쭙는다.
"소신(小臣)도 이번 과거 본 사람들 중에서 좋은 사람을 가려내어 사위를 삼으려 하였는데, 황제께서 이렇게 명하시니 제가 어찌 사양하겠습니까?"
하고 승상이 즉시

7-뒤

시 나와 부인다려 천자 말삼을 이을시다 천ᄌᆞ
ᄐᆡ길ᄒᆞ여시고 쥬봉이 모친 전의 드러가 고ᄒᆞ되 모월
모일에 힝에 ᄒᆞ온니 엇지 ᄒᆞ오릿가 ᄒᆞᆫᄃᆡ 부인이
그 말을 듯고 일히일비ᄒᆞ야 즉시 예단을 갓초와
이 승상ᄃᆡᆨ으로 보ᄂᆡᆫ니라 장차 혼닌날니 당ᄒᆞ야
융여을 갓초와 예필 후 승상 부부 낙낙ᄒᆞ야 질거ᄒᆞᆷ
을 층양치 못ᄒᆞᆯ네라 일일은 할님이 농인 이도원
을 불너 쥬친으로 ᄃᆡ접이라 황금 슈십 양을
쥬며 왈 은히난 ᄇᆡᆨ골난망이라 엇기 다 갑푸리
오 ᄒᆞ신니 이도원니 복지사ᄇᆡ 왈 승상게옵서 소인
을 어ᄃᆡ지 위ᄒᆞ신니 황공감사ᄒᆞ이다 잇ᄃᆡ 조정
ᄇᆡᆨ관을 다모와 제일 놉푼봉의 귀게하로 ᄒᆞ고 ᄒᆞ신ᄃᆡ

나와 부인에게 천자의 말씀을 전하였다. 천자께서 택일하여 주시니 주봉이 어머니 앞에 나아가 고하기를,

"모월 모일에 혼인 예식을 하게 되었사오니 어떠하옵니까?"

하니 부인이 그 말을 듣고, 기쁨과 슬픔이 교차하여 즉시 예단을 갖추어 이 승상 댁으로 보내었다. 이제 혼인날이 되어 예법에 맞게 격식을 갖추어 인사를 마친 후 승상 부부가 기뻐하여 즐거워하는 것이 측량할 수 없을 정도였다. 하루는 한림이 농사꾼 이도원을 불러 음식을 대접하며 황금 수십 냥을 주며 말하기를

"베풀어 주신 은혜는 죽어서 백골이 된다 하여도 잊을 수 없을 정도로 감사드립니다. 그 은혜를 어찌 다 갚겠습니까?"

하시니, 이도원이 엎드려 절하며 말한다.

"승상께서 저를 이렇게까지 위하여 주시니 황공하고 감사합니다."

이때 황제께서 조정 백관들을 다 모아 제일 높은 봉우리에 구경하러 가자고 하시었다.

8-앞

각식 풍음을 빅설ᄒᆞ야 만도빅관을 다리고 마ᄃᆡ
로 힝차 거동을 ᄎᆡ릴 ᄉᆡ 장안이 진도ᄒᆞ난지라 제
일 상상봉의 올나 ᄃᆡ연을 빅설ᄒᆞ고 풍악으로 질
기든이 잇ᄯᆡ 오황선관 니일 노푼 봉의 와서 노덕이
당 천자 오난 봉을 보고 급피 올나갈 제 옥제탄
금을 바이고 가난지라 잇ᄯᆡ 쥬 홀님이 옥제 탄금
을 보고 죽시 천자게 드린ᄃᆡ 천자 보시고 일오ᄃᆡ
만조빅관다러 알이드리라 ᄒᆞ신ᄃᆡ 관드리 아모
리 아려 흔들 천상 옥저을 엇지 아리요 천자 쥬
봉을 도라보며 왈 경은 아난다 ᄒᆞ시며 쥬봉이 복지 쥬
왈 옥져넌 장자방 게명산의 올나 팔천 병 혓
터ᄂᆡ든 옥제요 탄금은 선광 양소유 팔선여 히롱ᄒᆞ든

갖가지 풍성한 음식을 마련하여 만조백관을 데리고서 말 탄 군대로 행차를 차리시니 장안이 진동하는지라. 제일 높은 봉우리에 올라 큰 잔치 자리를 배설하고 풍악을 울려 즐기더라. 이때 마침 하늘나라 선관들이 이 날 높은 봉우리에 와서 놀다가 천자 행렬이 오는 것을 보고 급히 올라가느라 옥저와 거문고를 놓고 가게 되었다. 이때 주 한림이 옥저와 탄금을 보고 즉시 천자께 드리니 천자께서 보시고 이르시기를 만조백관들에게 이것이 무엇인지 알아오라 하셨다. 그러나 만조백관들이 아무리 알려고 한들 천상의 옥저를 어떻게 알겠는가? 이에 천자가 주봉을 돌아보며 말씀하시기를

"그대는 아는가?"

하시니 주봉이 엎드려 여쭙기를

"옥저는 장자방이 계명산에 올라 팔천 병을 흩어버린 옥저요, 거문고는 선관 양소유가 팔선녀 희롱하던

8-뒤

탄금이로소이다 ᄒᆞᆫᄃᆡ 천자 전고ᄒᆞ사 경 등이 각각
부러 보라 ᄒᆞ신ᄃᆡ 만조ᄇᆡᆨ관이 아모리 분들 입만
아품다음이요 소ᄅᆡ난 업난지라 천자 쥬봉다려
불나 ᄒᆞ신이 쥬봉이 고두슈명ᄒᆞ고 옥제난 입으로 불
고 탄금은 손으로 히롱ᄒᆞᆫ니 옥제 소ᄅᆡ난 산천초목
과 천지일월이 다 춤을 츄난 덧ᄒᆞ고 탄금 소ᄅᆡ난 온
갓 비조와 잔승이 노ᄅᆡᄒᆞ난 덧ᄒᆞ더라 천자 그 거동을
보시고 쥬봉의 손을 잡고 못ᄂᆡ 사랑ᄒᆞ시며 벼살을 ᄒᆞ
시되 참참ᄋᆡᆼ판 ᄃᆡ지ᄒᆞᆨ 좌우승상의 겸 각도안찰사
을 제슈ᄒᆞ시며 쥬홍ᄃᆡ자로 ᄉᆡ명길을 씨시고 이
날 환궁ᄒᆞ시더라 그후로난 조정권세은 일국의 제
일이요 잇ᄃᆡ의 이 승상의 맛사회 ᄎᆡ ᄒᆞᆯ님으로 ᄒᆡ평

거문고이옵니다."

하니 천자께서 명령하시기를 신하들에게 각각 불어 보라 하시어 만조백관들이 아무리 불려고 한들 입만 아플 따름이고 소리는 나지 않았다. 천자께서 주봉에게 불어 보라 하시니 주봉이 그 명령을 받들어 연주를 하는데, 옥저는 입으로 불고 거문고는 손으로 탔다. 그 소리가 얼마나 아름다운지 옥저 소리는 산천초목(山川草木)과 천지일월이 모두 다 춤을 추는 듯하고 거문고 소리는 온갖 새와 동물들이 노래하는 듯하였다. 천자께서 그 모습을 보시고는 주봉의 손을 잡고 못내 사랑하여 벼슬을 주시는데, 참판, 대제학, 좌우승상 겸 각도 안찰사를 제수하시고 큰 붉은 글씨로 사명기(司命旗)를 쓰시고는 이날 환궁하시더라. 그 후로는 주봉이 가진 조정 권세가 나라 전체에서 제일이었다. 이때 이 승상의 만사위이자 주봉의 만동서가 최 한림이었는데, 해평

9-앞

도사을 보닌 제 칠 연이로듸 소식 망연훈지라 최

훌님은 쥬복의 맛동서라 잇쒸 조정벽관이 이논

ᄒᆞ되 고이ᄒᆞ다 ᄒᆞ고 쥬봉이 죠정 권세을 제 혼자 차

지ᄒᆞ야 명부을 두 손을 차지ᄒᆞ니 우난 무삼 베살을

ᄒᆞ야 천자을 살니라 ᄒᆞ며 서로 쥬봉을 원망ᄒᆞ더라 잇

쒸의 좌승상 ᄒᆞ던 유경이니 ᄒᆞᆫ 뫼칙을 ᄉᆡᆼ각ᄒᆞ고

탑전에 드러가 쥬달ᄒᆞ되 신 등이 듯사오 ᄒᆡ평 도사

을 보닌직 섬즁의 슝악훈 벡성과 도적으로 더부러

일심동역ᄒᆞ야 장칭 황제라 ᄒᆞ고 작당ᄒᆞ여 연슌 조

정 훈다 ᄒᆞ오니 국가 듸황 더 밋칠가 ᄒᆞ나이다 페ᄒᆞ난

집피집피 ᄉᆡᆼ각ᄒᆞ옵소서 쥬달ᄒᆞ거날 천자 그 크게 금

심ᄒᆞ야 짐도 고리 아랏던니 경의 말을 드른 즉 과연 글

도사로 부임한 지 벌써 칠 년이나 되었는데 아무 소식이 없는지라. 조정 백관이 이에 대해 괴이하다 하며 의논하기를,

"주봉이 조정 권세를 저 혼자 차지하여 벼슬이란 벼슬은 모두 두 손에 다 쥐고 있으니 우리는 무슨 벼슬을 하여 살겠는가?"

하며 서로 주봉을 원망하였다. 이때 좌승상을 하던 유경인이 한 묘책을 생각하고는 임금님께 나아가 아뢰기를

"저희 신하들이 들어보니, 해평 도사를 보내면 그 섬 중에 있는 흉악한 백성과 도적과 함께 한 패를 이루고 힘을 합하여 자칭 황제라 하고 작당을 하여 마음대로 한다 하오니 국가에 큰 환란을 일으킬까 걱정됩니다. 황제께서는 깊이깊이 생각하옵소서."

하니, 천자께서 크게 근심하여 말하기를

"짐도 그렇게 알고 있었는데, 그대의 말을 들은즉 과연

9-뒤

그러헐시 분명ᄒᆞ면 문무제신을 소다 장악 잇난 사람
을 가라여 슌니 보ᄂᆡ라 ᄒᆞ신ᄃᆡ 위경양이 조정의
명을 밧고 나와 만도ᄇᆡᆨ관으로 더부러 이논ᄒᆞ되 우리 벼
살을 쥬봉의게 다 아시고 ᄯᅩᄒᆞᆫ 권세도 아시엿며 ᄒᆞᆯ 벼
살이 어신니 절통고 ᄋᆡ달ᄯᅩ다 ᄒᆞ고 쥬봉을 ᄒᆡ도사
을 보ᄂᆡ자 ᄒᆞ고 잇든날 만죠ᄇᆡᆨ관니 궐ᄂᆡ의 드러 쥬달
ᄒᆞ되 ᄒᆡ고을 역적이 모다 난을 지여 비구의 장얀의
범ᄒᆞᆫ다 ᄒᆞᆫ니 신등의 소견은 장약과 지히 인난 사
람의 직금 좌우싱상 쥬봉 당ᄒᆞᆯ 사람미 업사와 쥬
봉을 보ᄂᆡ여 그 도적을 막고 ᄇᆡᆨ성을 살니고 법을 가으
쳐 천ᄒᆞ을 ᄐᆡ평케 ᄒᆞᄅᆞ쇼서 쥬달ᄒᆞ거날 천자 이잇키
ᄉᆡᆼ각ᄒᆞ다가 서안을 치며 ᄃᆡ로 왈 쥬봉 안니면 보ᄂᆡᆯ

그러한 것이 분명하도다. 문관이든 무관이든 모든 신하들을 모아 능력 있는 사람을 가리어 빨리 보내도록 하라."
하시니, 위경양이 조정의 명령을 받고 나와 만조백관과 더불어 의논하기를,
"우리의 벼슬을 주봉에게 다 빼앗기고 또한 권세도 빼앗겨 우리가 할 벼슬이 없으니 절통하고 애달프도다."
하고, 주봉을 해평 도사로 보내기로 약속하고 이튿날 만조백관이 궐내에 들어가 임금님께 아뢴다.
"앞으로 머지않아 해평 고을에 있는 역적들이 모두 난을 일으키어 임금님 계신 장안을 범한다 합니다. 저희 신하들의 의견으로는 능력과 지혜 있는 사람으로 지금 좌우승상으로 있는 주봉을 당할 사람이 없습니다. 그러니 주봉을 보내시어 그 도적들을 막고 백성을 살리고 법을 가르쳐 천하를 태평하게 하옵소서."
하니 천자가 깊이 생각하다가 책상을 치며 크게 노하시어
"주봉이 아니면 보낼

사람 업난야 구틔여 쥬봉을 천거ᄒᆞ난다 저 ᄋᆡ비도
도ᄒᆞᆫ ᄒᆡ평의 가 쥭게 ᄒᆞ고 무삼 원슈로 그러ᄒᆞ난야 ᄒᆞ
신ᄃᆡ ᄇᆡᆨ관니 복지쥬 왈 쥬봉의 ᄋᆡ비난 황명을
밧잡고 제 집의 와 사약ᄒᆞ오니 엇지 츙신니라 ᄒᆞ리오
쥬봉이 연소ᄒᆞ오나 요지ᄃᆡ혹과 츙절 뫼디난 방금
천ᄒᆞ의 업사오니 쥬봉을 보ᄂᆡ여 그로 적을 맛고 ᄇᆡᆨ성
을 진휼ᄒᆞ게 ᄒᆞ옵소서 ᄒᆞᆫᄃᆡ 황제 더옥 ᄃᆡ로ᄒᆞ되 다시 니
쥬봉을 천거ᄒᆞ은 ᄌᆞ면 국법으로 처참ᄒᆞ리라 ᄒᆞ신ᄃᆡ
ᄇᆡᆨ관니 머리 ᄯᅡᆼ으 두다리고 복지 쥬왈 황제게옵서 이
일을 ᄉᆡᆼ각ᄒᆞ되 국사을 헛드니 ᄒᆞ옵신 신니 삼천 신
등은 죠정을 ᄒᆞ직ᄒᆞ옵고 각각 산즁의로 도라가 농부 되
여 세월을 보ᄂᆡ여 쥭금맛 갓지 못ᄒᆞ이다 ᄒᆞᆫᄃᆡ 황제

사람이 없느냐? 구태여 주봉을 천거하는 이유가 무엇이냐? 저의 아버지도 또한 해평에 가서 죽게 하고서는 무슨 원수가 졌다고 이렇게 하는 것이냐?"

하시니, 모든 신하들이 엎드려 아뢰었다.

"주봉의 아버지란 자는 황제의 명령을 받고서는 저의 집에 가서 약을 먹고 죽었사오니 어찌 충신이라 하겠습니까? 주봉이 비록 나이가 어리오나 학문과 충절이 이만큼 높은 이는 지금 천하에 없사옵니다. 그러니 주봉을 보내시어 그로 하여금 적을 막고 백성을 도와주게 하옵소서."

하니, 황제가 더욱 크게 노하여

"다시 주봉을 천거하는 자가 있으면 국법으로 처벌하겠다."

하시니, 조정의 신하들이 머리를 땅에 두드리며 엎드려 아뢰었다.

"황제께옵서 이 일을 생각하시면서 나랏일을 헛되이 하십니다. 그러니 저희 신하들은 조정을 하직하고 각각 산중으로 돌아가 농부가 되어 세월을 보내다가 죽는 것만 같지 못하옵니다."

하니, 황제가

ᄉᆡᆼ각ᄒᆞ옵신직 죠정ᄇᆡᆨ관니 다 산즁의로 홀니 엇 쥬봉
만 밋고 ᄃᆡ소사을 이논ᄒᆞ리오 ᄒᆞ시고 쥬봉을 천거ᄒᆞᆫ
ᄃᆡ 쥬봉이 직시 궐ᄂᆡ의 드러가 복지ᄒᆞ온ᄃᆡ 천자
가라사ᄃᆡ 지금 ᄒᆡ평골의 역적이 모다 분구의 장안
을 밤ᄒᆞ다 ᄒᆞᄂᆞᆸ인 경이 나려가 그 도적을 사로잡고 ᄇᆡᆨ
성을 가라처 ᄐᆡ평케 ᄒᆞ고 슈이 도라와 짐의 실ᄒᆞ의
서 국사을 도우라 ᄒᆞ신ᄃᆡ 쥬봉이 청명ᄒᆞ고 나와 곰곰 ᄉᆡᆼ
각ᄒᆞᆫ니 당상 ᄒᆞᆨ발 못친 두옵고 슈슈말니 고흔니 될
지라 정신니 아득ᄒᆞ고 흉즁이 ᄆᆡ켜 도라와 모친전
의 고왈 천자 날노 ᄒᆞ여곰 ᄒᆡ도을 옵신니 못친니
은 만세무량 ᄒᆞ옵소서 ᄒᆞ면 눈물이 비 오덧 ᄒᆞ난지라
부인니 이 말을 듯고 가삼을 쑤다려 쥬봉의 목을 안

생각해 본즉

'조정의 모든 신하들이 다 산속으로 가게 되었으니 어찌 주봉만 믿고 국가의 대소사(大小事)를 의논하겠는가?'
하였다. 그래서 황제가 주봉을 해평 도사로 천거하니, 주봉이 즉시 궐내에 들어가 엎드렸다. 천자가 말씀하시기를,

"지금 해평골에 역적이 모여 머지않아 장안을 범한다고 하니, 그대가 내려가 그 도적을 사로잡고 백성을 가르치고, 어서 돌아와 짐의 슬하에서 국사(國事)를 도우라."

주봉이 이 명령을 받들고 나와 곰곰이 생각해 보니, 집에는 머리가 하얗게 센 어머니가 계시고, 자신은 저 머나 먼 곳에 가서 외로운 죽음을 맞게 되었는지라. 정신이 아득하고 가슴이 막히어 집으로 돌아와 어머니께 가서 고하여 말하기를

"천자께서 저로 하여금 해평 도사로 가라고 하시니, 어머니께서는 만세무강(萬世無疆) 하옵소서."
하며 흘리는 눈물이 비 오듯 하는 것이었다. 부인이 이 말을 듣고 가슴을 두드리며 울다가 주봉의 목을 안고

11－앞

고 기절ᄒᆞ거날 시비 옥염이 부인을 붓들고 위로 왈
너무 시러 말우소서 사람을 명이 ᄒᆞ날의 달여신니
간ᄃᆡ로 쥭사올잇가 슈말 ᄂᆡ 멀고 면 질을 못 보면 즉시 도
라와 분닌 전의 영화로 바ᄅᆡ소서 ᄒᆞ고 ᄒᆞ날님게 비러 왈 우
리 서방님 슈로 오만 오철 니와 육노 사만 사철 니을 숸니
단여오게 ᄒᆞ옵소서 시비 눈물니 흘너 강슈 되난지 부인
니 제우 인사을 진정ᄒᆞ야 쥬봉의 손을 잡고 ᄯᅩᄒᆞᆫ 손으로 며
나리 손을 잡고 옥엽엽을 도라보며 탄식ᄒᆞ고 옥엽아 옥엽아
아기씨 잉틱하신제 이무 삼식이라 너가 부ᄃᆡ부ᄃᆡ 잘 모
시고 가 ᄒᆞ신난 쇼ᄅᆡ와 옥염의 난 소ᄅᆡ의 산천초목
과 비금지슈 다 비창ᄒᆞᆫ덧 ᄒᆞ더라 이날 쥬봉니 옥저 탄금
을 소자 본다시 두고 보옵소서 ᄒᆞ고 안희와 옥엽을 다리

기절하였다. 이를 본 여자 종 옥염이 부인을 붙들고 위로하여 말하기를

"너무 슬퍼하지 마옵소서. 사람의 목숨은 하늘에 달려 있사오니 어디 간다고 하여 죽겠사옵니까? 수만 리나 떨어져 있어 멀고 먼 길을 다녀오는 동안 못 볼지라도 즉시 돌아와 부인을 영화롭게 할 것이니 기대하옵소서."

하고 하느님께 빌어 말하기를

"우리 서방님께서 수로(水路) 오만 오천 리와 육로(陸路) 사만 사천 리를 어서 빨리 잘 다녀오게 하옵소서."

하며 기도하는데, 여자 종의 눈물이 흘러 강물같이 되었더라. 부인이 겨우 정신을 차리고 주봉의 손을 잡고 다른 한 손으로는 며느리의 손을 잡고 옥엽을 돌아보며 탄식한다.

"옥엽아, 옥엽아. 아기씨 잉태하신 지 이미 삼 개월이나 되었으니, 네가 부디부디 잘 모시고 가거라."

하시는 소리와 옥엽이 우는 소리에 산천초목(山川草木)과 온갖 짐승들이 모두 다 슬픔에 가득한 듯하였다. 이날 주봉이 옥저와 거문고를 부인께 드리면서

"소자(小子) 본다고 생각하시고 두고 보옵소서."

하고는 아내와 옥엽을 데리고

11 – 뒤

고 부인전의 ᄒᆞ직ᄒᆞ고 난온니 만조ᄇᆡᆨ관의 거짓 슬어
타더라 각설이라 천자 우으[80]을 갓초와 오마ᄃᆡ로셔 나
갈제 골이 지경ᄃᆡ고 거리거리 전송ᄒᆞ고 황제조 억죠
창싱이 다토와 귀경ᄒᆞ더라 여러 달만의 육도 사만 사
철니을 지ᄂᆡ고 슈로 오만 오철 니을 당ᄒᆞᄆᆡ 잇ᄯᅢ는 츄
칠월 망간이라 사공을 ᄌᆡ촉ᄒᆞ야 ᄇᆡ을 타고 갈제
당풍은 소실ᄒᆞ고 추월은 명난ᄒᆞᆫ데 영자난 쇠을 들고
선두의 서서 동서남북을 가라치고 ᄇᆡᆺ창 안의선 산 할님
니 쇠을 들고 천문변풍을 좃차 쥬야로 다려갈 제 쇼상
강 칠ᄇᆡᆨ이와 무산 십이 봉을 얼픗 지ᄂᆡ야 사공을 불너
왈 이 ᄒᆡ즁은 어ᄂᆡ나 되얏난요 사공이 엿자오ᄃᆡ 월난
오제 상만천ᄒᆞ여 고소영의 한지손[81] 이르소이다 ᄒᆞ거날

부인께 하직하고 나오니 만조백관이 거짓으로 슬퍼하더라.

한편 천자는 위의(威儀)를 갖추어 오마대 행차로 나가는데, 고을고을마다 거리거리 전송하고 황제도 수많은 백성들이 앞다투어 구경하더라. 여러 달만에 육로(陸路) 사만 사천 리를 다 지나고 수로(水路) 오만 오천 리를 가게 되었다. 이때는 음력 가을 칠월 보름께였다. 사공을 재촉하여 배를 타고 가는데, 강바람은 소슬하고 가을 달은 밝게 비추었다. 영좌(領座)는 쇠를 들고 뱃머리에 서서 동서남북을 가리키고, 배창 안에서는 주 한림이 쇠를 들고 천문을 그린 병풍을 펼쳐 그것을 좇아 밤낮으로 달려간다. 소상강(瀟湘江) 칠백 리와 무산(巫山) 십이 봉을 얼핏 지나는 듯하여 사공을 불러 묻는다.

"이 바다는 어디쯤 되었는가?"

사공이 여쭙기를

"달은 지고 까마귀 울어 하늘에는 서리가 가득한데, 고소성 밖의 한산사에 이르렀습니다."

하는 말을 듣고

12－앞

마음에 간절ᄒᆞ야 강상을 둘너보니 강천은 막막 산은 첩
첩 만혹을 가리왓고 물은 즁너 구부 되야 정신 흔터지니
천만의외이 슈적 장히경의 비선 숨여 칙을 모라
힝상을 에워싸고 호통을 병영갓치 지르며 달여드러
흔인 십여 명을 쥭여 물 썬지고 쥬 홀님을 쇠사실노
얼거 사영을 호령ᄒᆞ여 칼노 목을 베리라 ᄒᆞᄂᆞᆫ 소릭
만경창파가 진동ᄒᆞ난지라 굴노 사영이 칼을 들고 나
서면서 칼노 치라 ᄒᆞ니 칼든 팔이 공즁의 빠서저 히
즁의 써러저고 ᄯᅩ 사령을 직촉ᄒᆞ야 칼노 친니 ᄯᅩᄒᆞᆫ
카리 부서저 히즁의 ᄲᅡ지난지라 잇ᄯᅴ 부인과 옥
염이 그 겨동 보고 물의 ᄲᅡ저 쥭거저 ᄒᆞ되 틱산 중의
잇난고로 못 ᄲᅡ지난지라 옥염이 창황 즁의 싱각ᄒᆞ되

마음에 간절하여 강 위를 둘러보니, 저 멀리 강위의 하늘은 막막하고, 산은 첩첩하여 산골짜기를 가리었고, 물은 출렁 굽이 되어 정신이 흐트러졌다. 그런데 천만뜻밖에 수적(水賊) 장취경이 비선(飛船) 여러 척을 몰아 바다를 에워싸고 벽력같이 호통 치며 달려들어서는 하인 십여 명을 죽여 물에 던져 버리고, 주 한림을 쇠사슬로 얽어 묶었다. 그러고는 사령에게 호령하여 칼로 목을 베라고 하는 소리가 만경창파(萬頃蒼波)에 진동하는지라. 군노(軍奴) 사령이 칼을 들고 나서면서 칼로 치려고 하니, 그 칼을 든 팔이 공중에서 부서져 바다 중에 떨어지는 것이었다. 이에 또 사령을 재촉하여 칼로 치게 하였으나 그 칼이 부서져서 바다에 빠져 버렸다. 이때 부인과 옥엽이 그 거동을 보고 물에 빠져 죽고자 하였으나 적들에게 둘러싸여 있어 그럴 수가 없었다. 옥엽이 이렇게 당황스럽고 급작스러운 중에 생각해 보니

12-뒤

부인니 잉틱ᄒᆞ션지 구삭이라 급피 나와 정ᄒᆞ슈을 ᄯᅥ노코
ᄒᆞ날님게 비러 왈 남자여든 좌편의서 노고 여자여든
우편의 놀소서 ᄒᆞᆫᄃᆡ 아히 좌편의서 분명이 놀거늘
옥역이 부인을 붓들어 가만이 위로 왈 ᄋᆡ기 좌편의서 분
명이 세 번을 노으니 남자가 분명ᄒᆞᆫ지라 부인니 ᄂᆡ 말
삼을 드르소셔 부인니 쥭으시면 복즁의 든 ᄋᆡ기도 쥭
을 거신니 서방님 쥭삽고 뉘라서 원슈을 갑푸리오
부인 엇지 ᄒᆞ시려 ᄒᆞ시난잇가 ᄒᆞ며 장춰경 압피 나가 가
셔 복지 ᄋᆡ결 왈 장군님 장군님 구틔여 우리 서방님을 베리
려 ᄒᆞ시난잇가 동인거서을 푸러 신체난 온전ᄒᆞ게 쥬
으시면 우리 부인은 장군님의 부실이 되고 소비난 장
군님의 몸종이 되야 ᄇᆡᆨ독낙ᄒᆞ게 ᄒᆞ옵소서 비난니다

부인이 잉태하신 지가 구 개월이나 되었는지라. 급히 나와 정화수를 떠 놓고 하느님께 빌어 말하기를

"남자아이거든 왼편에서 놀고, 여자아이거든 오른편에서 노소서."

하니, 아이가 분명히 왼편에서 놀거늘 옥엽이 부인을 붙들고 가만히 위로하며 말하였다.

"아기가 분명히 왼편에서 세 번 노는 것으로 보아 남자아이임이 분명합니다. 부인께서 제 말씀을 들으소서. 부인께서 죽으시면 뱃속에 든 아기도 죽을 것인데, 서방님께서 돌아가시고 나면 누가 원수를 갚겠습니까? 이러니 부인께서 어찌하려 하시는 것입니까?"

하고서는 장취경 앞에 나아가서 엎드려 애걸하여 말한다.

"장군님, 장군님. 왜 구태여 우리 서방님을 베어 죽이려 하십니까? 몸에 묶은 것을 풀어 신체는 온전하게 하여 죽게 하여 주시면, 우리 부인께서는 장군님의 첩이 되고 저는 장군님의 몸종이 되어 백년동락(百年同樂)할 수 있을 것입니다. 비나이다,

13 - 앞

비난이다 장군님 제발 덕분 비나이다 ᄒᆞ날님이 살여 쥬오 우
리 서방님 살여 쥬오 천지도 감동ᄒᆞ고 귀신도 감동ᄒᆞ난
지라 장쥐경이 벼 목성안이여독 옥염이 비난 소릐을
감동ᄒᆞᆯ 쌘더러 분인을 부실사물 마음이 잇기로 쥬봉의
동인 거슬 밀너 만경창파 즁의 집어 ᄯᅥᆫ지이 잇ᄯᅢ의 용왕의 거
복ᄋᆞᆯ ᄂᆡ의 부ᄂᆡ여 맛경창파의 살갓치 나와 거복의게
업펴 옥게의 일 ᄯᅩᄒᆞᆫ 옥계 서단에 옥황상제게 엿자
오ᄃᆡ 당나라 남천문 밧기 사난 쥬봉이 ᄒᆡ평 도사 가다가
슈적 장취경을 만나 지금 물에 ᄲᅡ져 죽게 되야신니
급피 구안ᄒᆞ소서 ᄒᆞᆫᄃᆡ 상제 직시 일광 ᄃᆡ사을 급피
쥬봉ᄋᆞᆯ 살여 쥬라 ᄒᆞ신ᄃᆡ ᄃᆡ사 분석을 듯고 육ᄒᆞᆫ
장ᄋᆞᆯ 집고 무지게ᄋᆞᆯ 타 나려와 육ᄒᆞᆫ장으로 쥬봉을

비나이다, 장군님, 제발 은혜를 베푸시길 비나이다. 하느님께서 살려 주소서, 우리 서방님을 살려 주소서."

하는 소리에 천지도 감동하고 귀신도 감동하는지라. 장취경이 비록 도적이나 목석이 아니어서 옥엽이 비는 소리를 듣고 감동하였을 뿐만 아니라 부인을 첩 삼을 마음이 있기에 주봉의 몸에 동인 것을 풀고 만경창파(萬頃蒼波)에 집어던졌더라. 이때 용왕은 거북을 내 보내어 주봉을 구하게 하시니, 거북이 화살같이 빨리 나와 주봉을 업어 구하였다. 하늘에서는 옥경 선관이 옥황상제께 여쭈되

"당나라 남천문 밖에 사는 주봉이 해평 도사가 되어 가다가 수적(水賊) 장취경을 만나 지금 물에 빠져 죽게 되었사오니 빨리 구해 주소서."

하니, 옥황상제가 즉시 일광 대사에게 명하여 주봉을 급히 살려 주라 하셨다. 일광 대사는 이 명을 듣고 육환장을 짚고 무지개를 타고 내려와 육환장으로 주봉을

13－뒤

쎠다가 희평 짱의 녹코 이로듸 이짱의서 철 연을 비
려 며기며 자연 원슈을 갑고 영화도 불거시니 조히 잇
시라 문득 간 듸 업거날 할님이 공즁 향ᄒᆞ야 무수이 사
려 ᄒᆞ면 다시 살펴본니 간듸 업난지라 잇ᄯᅴ의 부인
이 홀님 쥭염얼 보고 가삼울 ᄯᅮ다리며 무레 ᄯᅮ여드
러 쥭의려 ᄒᆞ되 옥염이 ᄂᆡ다라 부인을 안고 궁글
며 비러 왈 우리 부인울 살여 쥬옵소서 ᄒᆞ면 실피
운니 산천초목도 시러 ᄒᆞ고 비금 쥬슈도 다 우난 듯ᄒᆞ더
라 잇ᄯᅴ 장취경이 부인과 옥염을 다리고 제 집으로 가거
날 옥염니 살펴본니 열두 부닌 잇거날 옥염을 문왈
열두 부닌게옵서 무삼 연고로 이고듸 게시난잇가 여러
부닌이 이로듸 우리도 다 낭군님 희평 도사로 가다가

떠다가 해평 땅에 놓았다. 그리고 이르기를

"이 땅에서 칠 년을 비러 먹으면 저절로 원수를 갚고 영화로운 삶도 얻게 될 것이니 잘 있으라."

하고는 문득 간데없더라. 한림이 공중을 향하여 무수히 사례하면서 다시 살펴보니 어디로 갔는지 흔적이 없었다. 이때 부인이 한림이 죽는 것을 보고 가슴을 두드리며 물에 뛰어들어 죽으려 하니, 옥엽이 내 달려 부인을 안고 뒹굴며 빌면서 말한다.

"우리 부인을 살려 주옵소서."

하면서 슬피 우니 산천초목(山川草木)도 슬퍼하고 온갖 짐승도 함께 다 우는 듯하였다. 이때 장취경이 부인과 옥엽을 데리고 저의 집으로 갔다. 옥엽이 살펴보니 열두 부인이 있어서 물어보았다.

"열두 부인께옵서 무슨 까닭으로 이곳에 계시는 것입니까?"

여러 부인이 말하기를

"우리도 다 낭군이 해평 도사로 가는 길에

14 – 앞

장취경이 다 낭군을 쥭이고 천ᄉᆡᆼ구든 혹심니 일시의
쥭지 못하고 잇ᄯᆡ가지 사라노라 ᄒᆞ고 통곡ᄒᆞ니 서로 붓들
고 울ᄃᆡ의 장취경이란 놈이 그 부인을 ᄉᆡᆼ각ᄒᆞ고 방
우로 드러가올제 옥엽니 ᄒᆞᆫ ᄭᅬ을 ᄉᆡᆼ각ᄒᆞ고 장취경
으게 ᄋᆡ셜 왈 장군님은 드릅소서 우리 부인니 선
보름은 경우 잇고 후보름은 경우가 업사오니 훈날인
든 모 자오릿가 취경이 옥엽의 마리 울타 ᄒᆞ고 물너가거
옥염이 도적ᄒᆞᆯ ᄭᅬ을 ᄉᆡᆼ각ᄒᆞ고 열여 부인과 이논ᄒᆞ
니 열여 부닌인 왈 도망을 ᄒᆞ라 ᄒᆞᆫ들 철니마 잇고 마리
마 잇고 ᄯᅩᄒᆞᆫ 안저서 철니 밧긔 일울 아난 문복자
잇고 동서남북우로 문 직권 군사 잇시니 나난 졔ᄇᆡ라
도 도망ᄒᆞᆯ 길이 업신이 엇지 도망ᄒᆞ리요 옥염이 ᄉᆡᆼ

장취경을 만나게 되었습니다. 장취경이 우리 낭군들을 모두 다 죽였으나 하늘이 주신 목숨으로 낭군과 함께 죽지 못하고 이제까지 살고 있습니다.“
하고 통곡하니 서로 붙들고 우는 것이었다. 이때 장취경이라는 놈은 그 부인을 생각하고 방으로 들어오는데, 옥엽이 한 꾀를 생각해 내고 장취경에게 애걸하여 말한다.

"장군님께서는 들어주옵소서. 우리 부인이 앞의 보름은 월경이 있고, 뒤의 보름은 월경이 없사오니 훗날인들 못 자겠습니까?"

취경이 옥엽의 말이 옳다고 생각하고 물러가니 옥엽이 열 여명의 부인과 의논하는데, 열 여명의 부인이 말하기를

"도망을 하려한들 천리마(千里馬)가 있고, 만리마(萬里馬)가 있으며, 또한 앉아서 천 리 밖의 일을 아는 점쟁이가 있고 동서남북으로는 문 지키는 군사가 있으니 하늘을 나는 제비라도 도망할 길이 없습니다. 그러니 어떻게 도망을 하겠습니까?"

옥엽이 생각하기를

14-뒤

각ᄒᆞ되 군사 군북울 입고 도망ᄒᆞ리라 ᄒᆞ고 즉시 절
입과 군복울 어더 남복으로 굼일ᄉᆡ 안울인절
입의미라 쥭슨이며 황나 쾌자의 당사실노 쥬황사
울 비ᄉᆡ 차고 손의 삼척금울 둘 육날 면도리울 ᄆᆡ
야 신고 월침침야 삼경의 나는 다시 나려간니 문 직
킨 군사들이 저의 당유가 금치 안니 ᄒᆞ거ᄂᆞᆯ 부인과
옥염이 문밧긔 ᄂᆡ다라 왈침침야 삼경의 업더지며 잡
바지 박ᄉᆡ 도독 동망ᄒᆞ니 제우 팔십 이울 왓난지라
월낙 서산ᄒᆞ고 일츌 동영ᄒᆞᆯ 제 강ᄉᆡ의 다달나 사
방울 살펴본니 산은 첩첩 천봉이요 물울 출넝출넝
강슈로다 날이 ᄉᆡ고 ᄒᆡ가 도다 온니 사세 급박ᄒᆞ지
라 옥염이 부인울 붓들고 울며 엿자오되 부인은 입

'군사들이 입는 군복을 입고 도망하리라.'

하고는 즉시 전립과 군복을 구하여 남자 복장으로 꾸미는데, 안올림 벙거지로 입고 죽끈이며 항라 쾌자에 당사실로 주황색을 비스듬히 차고 손에는 삼 척 되는 칼을 들고 육날 미투리를 메어 신고, 달도 깊은 어두운 밤 삼경(三更)에 나는 듯이 내려간다. 문 지키는 군사들이 저의 편 부류가 막지 않는 것을 보고 보내 주니 부인과 옥엽이 문밖으로 달아난다. 달 깊은 한밤중에 엎어지며 자빠지며 밤새 도둑처럼 도망을 하였으나 겨우 팔십 리를 갔더라. 달은 서쪽으로 지고, 산은 첩첩이 산봉우리로 둘러싸여 있고 물은 출렁출렁 강물이 되어 흘러가는구나. 날이 새고 해가 돋아 오니, 상황이 급박하게 되었다. 옥엽이 부인을 붙들고 울며 여쭙기를

"부인께서는

15-앞

은 군복울 벼서 강ᄊᆞ의 노코 급피 도망ᄒᆞ소서 나난 죽어
도 섭지 안니 ᄒᆞ여도 부인은 천금갓탄 목숨 ᄋᆡᆨ겨 복
즁에 든 ᄂᆡ긔울 잘 길너 장성커든 원슈을 갑고 영
화로 지ᄂᆡ소서 ᄒᆞ며 부인울 위로ᄒᆞᆫᄃᆡ 분인니 옥
엽을 안고 낫철 ᄒᆞᆫᄐᆡ ᄃᆡ이고 울며 왈 너 죽의면 나
도 죽고 복즁에 든 ᄂᆡ긔 죽고 제 어미울 ᄯᅡ라 죽나이라 ᄒᆞ며
기절ᄒᆞ거날 옥엽이 부인게 비러 왈 사세가 급박ᄒᆞ
온니 부인은 이부신 군복 다 벼서 노코 밧비 도망ᄒᆞ소서
나난 여기 잇다가 도적놈 취경 오거든 부인은 몬저
물의 ᄲᅡ저 죽은 쥴노 진욕이나 부슌이 ᄒᆞ고 물에
ᄲᅡ져 쥬글 거신니 부인은 급피 환을 피ᄒᆞ소서 ᄒᆞ며 군
복울 다 볏기니 부인도 후사울 ᄉᆡᆼ각ᄒᆞ고 군복과 신을

군복을 벗어 강가에 놓고 빨리 도망하소서. 저는 죽어도 서럽지 아니합니다. 부인께서는 천금같이 귀한 목숨을 아껴 뱃속에 든 아기를 잘 기르시고, 아기가 장성하면 원수를 갚고 영화롭게 지내소서."

하며, 부인을 위로하니 부인이 옥엽을 안고 얼굴을 함께 대고 울며 말한다.

"네가 죽으면 나도 죽고, 뱃속에 든 아기도 제 어미를 따라 죽을 것이니라."

하면서 기절하니, 옥엽이 부인께 빌며 말한다.

"일이 급하오니 부인께서는 입으신 군복을 다 벗어 놓고 어서 바삐 도망하소서. 저는 여기 있다가 도적놈 취경이 오면 부인께서 먼저 물에 빠져 죽은 줄로 알게 하고, 받은 모욕이나 실컷 돌려주고 물에 빠져 죽을 것이니, 부인께서는 빨리 이 환난을 피하소서."

하며 군복을 다 벗기니 부인도 뒷일을 생각하고 군복과 신발을

버서 노코 옥엽을 ᄯᅥ날ᄉᆡ 옥엽이 다시 도라보며
왈 우리가 사라싱전의난 다시 못 보련니와 쥭
어 황천의 가 다시 보자 ᄒᆞ고 눈물을 흘니고 이별ᄒᆞ야
ᄯᅥ날 적 업더지며 잡바지며 만첩산즁이로 ᄒᆡᆼᄒᆞ야
간니 산은 첩첩천봉이오 물은 천천벅계로 층암절벽
은 반공의 소사ᄉᆞᆫ니 벼루천지 비인간이라 몸울
감초고 바ᄅᆡ본니 장취경의 거동보소 장창빗겨 둘
고 통울 병역 갓치 지리며 다라온니 거동울 볼작시면 전
국시절인가 풍진도 요란ᄒᆞ여 초혼적 시절인가
살기도 무궁ᄒᆞ고 홍무넌 잔치던가 칼춤은 무삼
일고 옥염이 ᄂᆡ다라 위여 왈 이놈 장취경야 ᄒᆞᆫ날도 무
셥지 안니 ᄒᆞ난야 빙설 갓탄 우리 부인 엇지 갓탄 도

벗어 놓고 옥엽을 떠나는데, 옥엽을 다시 돌아보며 말한다.

"우리가 살아생전에는 다시 못 보겠구나. 죽어서 황천에 가서 다시 보자꾸나."

하고 눈물을 흘리고 이별하여 떠나는데, 엎어지며 자빠지며 만첩산중으로 행하여 가니 산은 첩첩으로 싸여 있고 물은 맑아 푸르며 층암절벽은 땅과 하늘 사이에 솟아 있으니, 인간들이 사는 세상 같지가 않더라. 몸을 감추고 바라보니 장취경의 거동이 보이는구나. 기다란 창을 비스듬히 들고 벼락 치는 듯 큰 소리로 호통을 치며 달려온다. 거동을 보면 전국시절인가? 바람에 이는 먼지도 요란하니 초한시절인가? 살기(殺氣)도 등등하고, 홍문연 잔치인가 칼춤은 무슨 일인고?"

이때 옥엽이 달려 나오며 외쳐 말하기를

"이놈! 장취경아! 하늘도 무섭지 아니 한가? 빙설 같은 우리 부인 어찌 너 같은

16-앞

젹놈울 ᄃᆡᄒᆞ며 말울 드르시면 ᄂᆡ들 엇지 네 집놈
종 되리오 우리 부인은 네 놈의 ᄀᆡ 갓탄 얼고을 다시
보랴 ᄒᆞ시고 발서 물의 ᄲᅡ저 죽고 나난 네 놈 으기울 지
다려 그런 말이나 ᄒᆞ고 죽으려 ᄒᆞ며 인ᄒᆞ여 비난 쵸
ᄆᆡ울 무릅씨고 만경창파의 ᄯᅱ여든니 잇ᄯᆡ의 용왕
이 거복을 ᄂᆡ며 보ᄂᆡ여 옥엽울 업고 용궁울 드러간
니 잇ᄯᆡ의 장취경이 창울 집고 강ᄭᅡ의 서고 자탄
가울 지어 불너 왈 실푸도다 실푸도다 가부인 보고 지거
보고 지거 죽어 고기밥이 될진된 날 갓턴 군자울 셤겨 ᄇᆡᆨ연
동낙 ᄒᆞ면 근들 안니 정일손가 모지도다 모지도다 기
부인 보고 지거 ᄋᆡ답고 답답할사 참아 서려 못 살겻
네야 흐르난니 물결우오 ᄯᅳ노난니 고기로다 노ᄅᆡ

도적놈을 대하며, 네 말을 듣는다 하여도 난들 어찌 네놈 집의 종이 되겠느냐? 우리 부인께서는 네 놈의 개 같은 얼굴을 다시 보겠는가 하시고 벌써 물에 빠져 죽으셨고, 나는 네 놈 오기를 기다려 이런 말이나 하고 죽으려 하였다."

하고서는 바로 비단 치마를 뒤집어쓰고 만경창파(萬頃蒼波)에 뛰어들었다. 이때 용왕이 거북을 내 보내니, 거북이 옥엽을 업고 용궁으로 들어갔다. 장취경이 이를 보고는 창을 짚고 강가에 서서 자탄가(自歎歌)를 지어 부르는데,

"슬프도다, 슬프도다. 그 부인 보고 지고, 보고 지고. 죽어서 고기밥이 되는 것보다는 나 같은 군자를 섬겨 백년동락(百年同樂) 하면 그것 아니 좋겠는가? 모지도다, 모지도다. 그 부인 보고 지고. 애달프고 답답하다. 차마 서러워서 못 살겠구나. 흐르나니 물결이요, 뛰노나니 고기로다."

하고는 노래를

16－뒤

울 근치고 제 집으로 도라간니라 각설 잇ᄯᅴ의 이 부인니 홀
길 업서 덤풀울 ᄯᅥ나 잡아지면 업퍼지면 만첩산
즁으로 드러간니 뒤견ᄉᆡ는 실피 울고 사람의 심히
을 돕난 듯 곡곡이 시ᄂᆡ 물은 잔잔ᄒᆞᆫ듸 긔가리 자심
ᄒᆞ다 협곡 조분 질노 업더지며 기절ᄒᆞ얏던니 ᄯᅳᆺ
밧기 엉보산 칠보암 사난 팔관 ᄃᆡ사 마참 소가의 갓다
가 절노 울나 가던니 천연ᄒᆞᆫ 부인니 길가의 기절ᄒᆞ
엿거날 ᄃᆡ사 놀ᄂᆡ여 깁피 슈견우로 물을 뭇처 입의
듸리운니 익윽ᄒᆞ여 회싱ᄒᆞ엿난지라 ᄃᆡ사 문왈 부
인은 어ᄃᆡ 게시오며 무삼 연고로 이 집푼 산즁의 저ᄃᆡ지
도 ᄒᆞ신난잇가 부인니 인사을 차려 눈을 ᄯᅥ본니 과
연 여승이라 쇠진ᄒᆞᆫ 즁이 반겨 왈 ᄃᆡ사는 쥭게 된 사람

그치고 저의 집으로 돌아간지라. 한편 이때 이 부인이 어쩔 도리 없이 덤불을 떠나 자빠지며 엎어지며 겹겹이 둘러싸인 산속으로 들어간다. 두견새는 슬피 울어 사람의 심경을 돋우는 듯 골골이 흐르는 시냇물은 잔잔한데 목마름이 매우 심하였다. 협곡의 좁은 길로 엎어지면서 기절하였는데, 뜻밖에 영보산 칠보암에 사는 팔관 대사가 때마침 속가에 갔다가 절에 올라가는 길이었다. 어떤 한 부인이 길가에 기절하여 있는 것을 팔관 대사가 보고 놀라 급히 수건으로 물을 묻혀 입에 드리우니 조금 있다가 다시 살아나는지라. 대사가 묻기를

"부인은 어디 사시는 분이시며, 어떠한 까닭으로 이렇게 깊은 산속에 쓰러져 있는 것입니까?"

한다. 부인이 정신을 차려 눈을 떠보니 과연 여자 승려라. 기운이 없어 쓰러질 듯하면서도 반가워서 말한다.

"대사께서는 죽게 된 이 사람

17-앞

을 사려 쥬옵소서 여늬 절의 게시며 절니 의서 얼
마나 되신잇가 팔관 딕사 위로 왈 소승은 영보암 칠
보암의 잇삽던니 마참 소가의 가쌉다가 절노 올나
가난니 훈 가지로 가사이다 흐고 부인의 손을 잇글고
가거날 부인니 죄진훈 즁의 영보산을 치야다
보니 즁즁훈 층암절벽은 첩첩이 도려 잇고 물은
잔잔 벽게로다 빅은심처을 자잠자잠 드려간니 벼루
천치비인간이라 팔관 딕딕 부인을 다리고 산즁의
드러간니 열여 숭자들이 닉달라 저의 시승을 마질
식 서로 우신며 왈 우리 시승이 속가의 가시던니 쏘 훈
상즈을 다려온다 흐고 반기더라 이무의 여어 날이 되여
팔관 딕사 왈 부인을 위로흐여 절은 딕찰닛라 귀

을 살려 주옵소서. 대사께서는 어느 절에 계시며, 그 절이 여기서 얼마나 되시나이까?"

하니, 팔관 대사가 위로하여 말하기를

"소승은 영보산 칠보암에 있사온데, 마침 속가에 갔다가 절로 올라가는 길이었습니다. 저와 함께 가십시다."

하고 부인의 손을 이끌고 간다. 부인이 쓰러져 거의 죽게 된 중에도 영보산을 쳐다보니, 층층이 싸인 층암절벽이 첩첩이 돌아 있고, 물은 잔잔한 것이 푸른 시내로다. 깊고 깊은 산속을 차츰차츰 들어가니 얼마나 아름다운지 인간들의 세상이 아니로구나. 팔관 대사가 부인을 데리고 산중으로 들어가니 십여 명의 상좌(上佐)들이 저의 스승을 맞이하는데 서로 웃으면서 말한다.

"우리 스승님께서 속가에 가시더니 또 한 상좌(上佐)를 데려오시는구나."

하고 반겼더라. 부인이 절에서 머문 지 이미 여러 날이 되었을 때 팔관 대사가 부인을 위로하며 말하기를

"이 절은 규모가 큰 절이라 구경꾼들이

17 - 뒤

경군을 막부절ᄒᆞ니 부인을 뵈면 절단코 욕을 볼
거신니 머리을 각고 세월을 보ᄂᆡ맘 갓지 못ᄒᆞ나니와 ᄒᆞ거
날 부인니 아모리 ᄉᆡᆼ각하여도 ᄃᆡ사의 말삼이 올토
다소이다 ᄒᆞ며 머리을 ᄉᆡᆺ그니 그 경상을 차마 보지 못
ᄒᆞᆯ네라 일은 오륜니 영농ᄒᆞ고 ᄒᆡᆼᄂᆡ 즌동ᄒᆞ거날
ᄃᆡᄉᆡ 부인이 ᄒᆡ복ᄒᆞᆯ 쥴을 알고 장자을 불너 왈
밧비 나와 메역을 쥰비ᄒᆞ엿다가 ᄒᆡ복ᄒᆞ거든
착실이 군안ᄒᆞ여라 하긔슨니 ᄒᆡᆼᄂᆡ 근치며 부인
니 남자을 탄ᄉᆡᆼ하여난지라 그 ᄋᆡ긔 우룸소ᄅᆡ
웅장ᄒᆞ야 사즁의 진동ᄒᆞᆫ니 ᄃᆡ사와 제승더리 그
소ᄅᆡ을 듯고 민망니 여거 왈 우리 절의난 ᄋᆡ기
잇난 즁이 업사온니 부인은 저 ᄋᆡ긔을 안고 가소서

끊어지질 않습니다. 부인을 보면 반드시 욕을 보일 것이니 머리를 깎고 세월을 보내는 것이 좋겠습니다."
하는 것이었다. 부인이
"아무리 생각해 보아도 대사의 말씀이 옳습니다."
하며 머리를 깎았는데, 그 모습은 차마 보지 못할 정도였다.

하루는 다섯 가지 색깔의 둥근 빛이 영롱하고, 향내가 진동하니 대사가 부인이 해산할 줄 알고 상좌(上佐)를 불러 말하기를
"빨리 나와서 미역을 준비하였다가 부인이 해산하면 착실히 구완하도록 하라."
하시니, 향내가 그치며 부인이 남자아이를 탄생하였는지라. 그 아기의 울음소리가 웅장하여 사방에 진동하니 대사와 여러 승려들이 그 소리를 듣고 민망히 여겨 말하기를
"우리 절에는 아기 있는 중이 없사오니 부인께서는 저 아기를 안고 나가 주소서."

ᄒᆞᆫᄃᆡ 부인니 비러 왈 머리 ᄭᅡᆨ근 즁의 ᄋᆡ기을 안고 나
가며 실피 통곡ᄒᆞᆫ니 눈물을 비오듯 흘니면서
ᄒᆞ난 말이 이 자식을 안고 의ᄃᆡ로 가리잇가 즁이
ᄒᆡᆼ실 부정타 ᄒᆞ고 지런 욕을 볼거신니 ᄯᅩᄒᆞᆫ 밥도
비러먹지 못 ᄒᆞᆯ 거신니 차라리 절에서 죽염만
ᄭᅡᆨ지 못ᄒᆞ다 ᄒᆞ고 궁글며 ᄋᆡ결ᄒᆞᆫ니 제승이 ᄃᆡ
칙 왈 아무리 경상이 불상ᄒᆞ오나 부인니 절의
잇다가 우리가 다 더러은 말을 듯고 지ᄂᆡᆯ 거신니 잔
말 말고 ᄋᆡ긔을 바리거나 소견ᄃᆡ로 ᄒᆞ소서 그런
렬소록 ᄋᆡ기 우난 소ᄅᆡ은 산즁의 뒤눕난 듯 하더라
부닌니 이윽키 ᄉᆡᆼ각다 못ᄒᆞ야 ᄋᆡ긔 바리기을 ᄉᆡᆼ
각ᄒᆞ고 비단으로 ᄇᆡ안의 저고리을 만드라 왼편 ᄉᆡᆼ기

하니, 부인이 눈물을 비 오듯 흘리면서 빌며 말한다.

"머리 깎은 중이 아기를 안고 나가서 어디로 가겠습니까? 중이 행실이 부정하다 하며 이런저런 욕을 당할 것이고 또한 밥도 빌어먹지 못 할 것입니다. 그러니 차라리 절에서 죽는 것만 못합니다."

하며 뒹굴며 애걸하니, 여러 승려들이 크게 꾸짖어 말하기를

"아무리 사정이 불쌍하다 하여도 부인이 절에 있으면 우리가 모두 더러운 말을 듣고 지낼 것입니다. 그러니 잔말 말고 아기를 버리거나 부인께서 떠나거나 소견대로 하옵소서."

한다. 그럴수록 아기 우는 소리는 더욱 커져서 산속을 뒤집는 듯하였다. 부인이 한참을 생각하다 아기를 버리겠다고 결정하였다. 비단으로 배냇저고리를 만들고, 왼쪽 새끼

18-뒤

발가락을 ᄭᅳᆫ어 옷귓 속의 넉초 저고리을 네 귀에
유복자 희선이라 ᄉᆡ기고 ᄋᆡ기을 안고 월첩첩
야 삼경의 업더지며 잡ᄲᅡ지락 동구의 나와 ᄃᆡ촌
가온ᄃᆡ ᄉᆡ얌 두던 우의 놋코 안지니 월낙서산ᄒᆞ고
게명성이 창천ᄒᆞᆫᄃᆡ ᄋᆡ기을 안고 아가 아가 전
거거라 ᄂᆡ 젓 망종 머거라 나난 네의 예미 안이로
다 천지도 감동ᄒᆞ고 귀신도 감동ᄒᆞ난 듯ᄒᆞ더라
ᄋᆡ긔을 다시 안고 젓 머거라 젓 머거라 그렁저렁 실피 울
제 동방이 발가 오고 말을 ᄀᆡ 즛난 소ᄅᆡ 나난지라
가다시 도라와 ᄂᆡ 젓 강종 게거라 ᄒᆞ고 ᄋᆡ기을 바
리고야 양안을 가려 잇고 어화 도화는 눈의
삼삼 쥬봉이 볼거는 듯 무심ᄒᆞᆫ 주전성은 사람의

발가락을 끊어 내어 옷깃 속에 넣고 저고리 네 귀에 '유복자 해선'이라 새기었다. 그러고는 아기를 안고 달 깊은 한밤중 삼경(三更)에 엎어지며 자빠지며 동네 어귀로 나와 대촌 가운데 있는 샘 둑 위에 앉았다. 달은 서쪽으로 지고 새벽닭 울음소리가 온 하늘에 가득한데 아기를 안고 어른다.

"아가, 아가. 젖 먹어라. 내 젖 마지막으로 먹어라. 나는 네 어미도 아니로다."

하는 소리에 천지도 감동하고 귀신도 감동하는 듯하였다.

아기를 다시 안고

"젖 먹어라. 젖 먹어라."

하며 그렁저렁 슬피 우는데 동방이 밝아 오고 마을에 개 짖는 소리가 났다. 가다가 다시 돌아와

"내 젖 마지막으로 먹어라."

하고 아기를 버리고 가려니 두 눈이 가리었고 배꽃, 복숭아꽃은 눈에 삼삼하고 저 멀리는 산은 붉은 듯하다. 무심한 새 소리는 사람의

심회을 도든 듯 ᄋᆡ기 얼골 눈의 삼삼ᄒᆞ고 우난
소ᄅᆡ 귀에 징징ᄒᆞ고 정신니 아득ᄒᆞ여 압질
을 분별치 못ᄒᆞ고 차잠차잠 절노 올나 간니라 잇ᄯᆡ
의 마을 게집더리 물을 길노 나갓더니 ᄋᆡ긔 ᄉᆡ암길
의 나가더니 ᄉᆡ얌기레로 왓거늘 동우를 노코 달여
드러 안고 왈 ᄂᆡ가 자식이 업더니 ᄒᆞ날니 쥬시도다
ᄒᆞ난 차의 장취경의 도적질 갓다가 그 거동을 보고
달여드러 그 ᄋᆡ기을난 ᄂᆡ가 가지 간다 ᄒᆞ고 번ᄀᆡ갓
치 달여드러 모든 게집드리 놀ᄂᆡ여 도망ᄒᆞ고 업
거날 장취경이 ᄋᆡ기을 안고 간니 치소의 범우 ᄉᆡᆨ긔
을 가저 가저간다 ᄒᆞ더라 취경의 ᄋᆡ기을 다려다가
이 부인을 쥬워 왈 이 ᄋᆡ기는 장ᄒᆡ선이라 ᄒᆞ고 금의옥

심경을 돋우는 듯한데, 아기 얼굴 눈에 삼삼하고 아기 우는 소리 귀에 쟁쟁하다. 정신이 아득하여 앞길을 분별하지 못하고 더듬더듬 절로 올라가더라. 이때 마을의 여인들이 물을 길러 나왔다가 아기가 샘 둑 위에 있는 것을 보고 물동이를 놓고 달려들어 아기를 안고 말한다.

"내가 자식이 없었더니 하늘이 나에게 이렇게 주시는구나."
하며 좋아하던 차에 장취경이 도적질 갔다가 돌아오는 길에 그 거동을 보고 달려들며

"그 아기는 내가 갖고 간다!"
하고 번개같이 뛰어드니 거기 있던 모든 여인들이 놀라 도망하여 버리고 아무도 없었다. 장취경이 아기를 안고 가니 비웃어 말하기를 호랑이 새끼를 가져간다 하였다. 취경이 아기를 데려다가 이 부인에게 주면서 말하기를

"이 아기는 장해선이라 하고, 비단 옷과

쥭으로 잘 키워 귀이 되게 ᄒᆞᆫ지라 ᄒᆞ고 ᄆᆡᆨ세거날 부인
니 ᄋᆡ기 입은 옷슬 보니 비단도 낫지 잇고 바느질 슈
품도 점잔ᄒᆞᆯ네라 ᄒᆡᆼ여 설노 알엇ᄒᆞ더라 즉시시
그 옷슬 벽게 병장의 집피 간슈ᄒᆞ고 다른 옷슬 지입피고 젓
슬 메기며 사양ᄒᆞ더라 세월니 어류ᄒᆞ야 ᄒᆡ선
의 나이 오 세을 당ᄒᆞᄆᆡ 일일은 ᄒᆡ선의 제의 부친 전
에 엿자오ᄃᆡ 소자 글 ᄇᆡ와지이다 ᄒᆞᆫᄃᆡ 취경이 ᄃᆡ
질 왈 글은 쓸 ᄃᆡ 업시니 용ᄆᆡᆼ이나 ᄇᆡ와 도적질
이나 ᄇᆡ우라 ᄒᆞ거날 ᄒᆡ선니 울며 모친전의 나
려와 부친 ᄒᆞ시던 말삼을 고ᄒᆞᆫᄃᆡ 부인니 왈 반다
시 그러ᄒᆞᆫ지라 ᄒᆞ고 인ᄒᆞ야 글을 시작ᄒᆞ되 부친
모르게 ᄒᆞᆫ니 세월이 어류ᄒᆞ야 ᄒᆡ선의 나이

좋은 것으로 잘 키워 귀하게 되게 하라."
하며 맡기었다. 부인이 아기 입은 옷을 보니 비단도 낯이 익고 바느질 수품도 점잖은 것이 행여 자신이 아는 사람의 것일지도 모른다고 여겨 즉시 그 옷을 벽장 속에 깊숙이 간수하고 다른 옷을 입히고 젖을 먹이며 사랑하였다.

세월이 흐르고 흘러 해선의 나이 오 세가 되었다. 하루는 해선이 저의 부친에게 가서 자신이 글을 배우고 싶다고 말을 하였다. 그랬더니 취경이 크게 꾸짖어 말하기를

"글은 쓸데없으니 용맹이나 길러 도적일이나 배우거라."
하는 것이었다. 해선이 이 말을 듣고 울며 자신의 어머니께 나아가 아버지가 한 말씀을 고하니 부인이 듣고 반드시 그렇게 말했을 것이라고 하였다. 해선은 그때부터 아버지 모르게 글 배우기를 시작하였다. 세월이 물과 같이 흘러 해선의 나이가

20 – 앞

십사을 당ᄒᆞ엿난지라 일일은 ᄒᆡ선니 붓친 전
의 엿자오ᄃᆡ 황성의 가 궁궐도 귀경ᄒᆞ고 인
물과 ᄌᆡ물을 도적ᄒᆞ고 도라오리라 ᄒᆞᆫᄃᆡ 취
경니 히히각각ᄒᆞ야 직시 날ᄂᆡᆫ 종과 철니마 쥬고
노자을 쥬되 황금 일천 양을 쥬어 보ᄂᆡᆫ니라 각
설 잇적의 ᄒᆡ선니 부친게은 ᄂᆡ 말삼을 ᄒᆞ고 이날 밤의로
황성의 올나가서 쥬인을 정ᄒᆞ되 즙과 장원니 ᄐᆡ낙
ᄒᆞᆫ 집을 차자 드러간니 늘근 노인이 잇거날 ᄒᆡ선이 말
게 나려 느구을 불너 왈 나난 ᄒᆡ평고을에 잇삽던 과거을
보려 ᄒᆞ고 와삽든니 ᄃᆡᆨ의 쥬인 정ᄒᆞ노라 ᄒᆞᆫᄃᆡ 그 느구
ᄃᆡ왈 억만 장안의 정쇄 ᄒᆞ은 즁의 간ᄒᆞ거날 이럿탓
ᄒᆞᆫ 유취ᄒᆞᆫ 즙이 엇지 ᄃᆡ접ᄒᆞ지오 ᄒᆞᆫᄃᆡ ᄒᆡ선이 돈

십사 세가 되었다. 하루는 해선이 아버지께 여쭙기를

"황성에 가서 궁궐 구경도 하고 사람들과 재물을 도적질하고 돌아오겠습니다."

하니, 취경이 희희낙락(喜喜樂樂)하여 즉시 날랜 종과 천리마(千里馬)를 주고 노자도 주며 황금 일천 냥을 주어 보내는 것이었다.

한편 이때 해선이 자신의 아버지에게는 이렇게 말하고, 밤새 황성에 올라가서 거할 처소를 정하는데, 하필이면 집과 정원이 퇴락한 집을 찾아가는 것이었다. 그 집을 보니 늙은 노인이 있어 해선이 말에서 내려 불러 말한다.

"나는 해평 고을에 있다가 과거를 보러 왔는데, 이 댁의 주인께 거처를 마련하고자 합니다."

한대, 그 늙은 노인이 말하기를

"이렇게 넓은 황성에 깨끗하고 좋은 집이 많건마는 이렇듯 누추한 집에 거하려 하시니, 어떻게 대접해야 할지 모르겠습니다."

하였다. 해선이 돈을

을 쥬어 제자의 가 삼석과 반찬을 사다가 쥬인ᄃᆡᆨ
의 드리고 조석을 먹난지라 쥬닌ᄃᆡᆨ 인니 이그 션ᄇᆡ
을 보고 왈 인물 거동을 보며 말소ᄅᆡ와 얼골을 본니
ᄂᆡ 아달과 쥬봉과 호말도 어귀지 안니 ᄒᆞᆫ도다 ᄒᆞ고 보고
보고 다시 보와 드신 ᄒᆞᆫ 쥬봉이라 아마도 쥬봉이가 쥬어 혼
니 삼게ᄯᅩ다 눈믈을 무슈이 흘니거날 ᄒᆡ션이 물
왈 부인게옵서 소자을 보고 저ᄃᆡ지 실어ᄒᆞ난니 싯
신니 자제 분이 어가시며 나은 몇 살이나 되얏잇가
부인니 ᄃᆡ왈 ᄂᆡ의 아달 일홈은 쥬봉이요 나흔 십
사 세의 알셩급제ᄒᆞ야 ᄒᆡ평 도사 간제 장차 십사
연우로되 일거 무소식ᄒᆞ니 이런 답답ᄒᆞ고 설운이
ᄀᆡ 어ᄃᆡ ᄯᅩ 잇시리요 ᄒᆞᆫᄃᆡ ᄒᆡ션니 ᄉᆡᆼ각ᄒᆞ되 자연

주어 시장에 가서 밥과 반찬거리를 사다가 주인댁에 드리도록 하고, 그 집에서 식사를 하며 지냈다. 주인댁 부인이 자신의 집에 머무는 선비를 보고 말하기를

"인물과 거동을 보며 말소리와 얼굴을 보니 내 아들 주봉과 털끝만큼도 다르지 않구나."

하고서는 보고, 보고 다시 보고서는 주봉이라 하고, 아마도 주봉이 죽어 그 혼이 다시 살아난 것이라 하며 눈물을 수없이 많이 흘리는 것이었다. 해선이 이것을 보고 물어보았다.

"부인께서 저를 보고 이렇게 슬퍼하시니 웬 일이십니까? 자제분께서는 어디 계시며 나이는 몇 살이나 되셨나이까?"

부인이 대답하여 말하기를

"나의 아들 이름은 주봉이요, 나이 십사 세에 알성 급제하여 해평 도사로 간 지 벌써 십사 년이 되었다오. 그러나 소식이 전무하니 이런 답답하고 서러운 일이 어디 또 있겠습니까?"

하니, 해선이 생각해 보니 자연스레

마음의 실피 이혹이 잇다가 과거 ᄉᆡᆼ각이 업서
부인게 엿자오되 벽상의 인나 옥저 탄금을 달나 ᄒᆞ
되 부인 ᄂᆡ 쥬거날 ᄒᆡ선이 바다 불ᄆᆡ 부인니 그 부난 소ᄅᆡ
을 고 쥬봉과 갓치 부니 더옥 슬여ᄒᆞ다가 쥬봉을 ᄉᆡᆼ각
ᄒᆞ야 쥬인니 부ᄃᆡ ᄂᆡ 집을 자주 단이라 ᄒᆞ거날 ᄒᆡ선니 가저
갓던 ᄌᆡ물과 말을 쥬인게 드린ᄃᆡ 쥬인니 ᄉᆡ양ᄒᆞ
더라 ᄯᅩ 종을 불너 본ᄃᆡᆨ으로 보ᄂᆡ며 당부ᄒᆞ되 나난 도당
을 다 살피고 갈 거신니 너난 급피 나려려가 ᄒᆡ서으로 잘
단에 온 소식이나 전ᄒᆞ라 ᄒᆞ고 본ᄂᆡᆫ이니라 잇ᄯᆡ의
ᄒᆡ선니 쥬인ᄃᆡᆨ을 ᄒᆞ직ᄒᆞ고 바로 ᄒᆡ평으로 ᄂᆡ려가서
경기 조흔 고ᄃᆡ의 안자 옥제을 입으로 불고 탄금은 손으로
히롱ᄒᆞ니 그 소ᄅᆡ 천의ᄒᆞ야 산천이 진동ᄒᆞ고 초목금

마음이 슬퍼지고 의혹에 빠져 있다가 과거(科擧) 생각이 없어졌다. 부인께 여쭙기를 벽장에 있는 옥저와 거문고를 달라 하니 부인이 내 주었다. 해선이 이를 받아 불어 보니 부인이 그 부는 소리를 듣고 주봉과 같이 분다고 생각하여 더욱 슬퍼하다 주봉을 떠올리게 되었다. 그래서 말하기를

"부디 내 집을 자주 다녀 주시오."

해선은 가져갔던 재물과 말을 그 집 주인께 드리니 주인이 사양하였다. 해선은 또 종을 불러서 자신의 집으로 보내며 당부하기를

"나는 여기 도당을 다 살피고 갈 것이니, 너는 급히 내려가 내가 잘 다녀왔다는 소식이나 전하라."

하고 보내었다. 이때 해선은 주인댁에 하직하고서는 바로 해평으로 내려가서 경치 좋은 곳에 앉아 옥저를 입에 물고 거문고는 손으로 희롱(戱弄)하니 그 소리가 매우 맑아서 산천이 진동하고 산천초목(山川草木)과

21 – 뒤

수 다 시려 ᄒᆞ난 듯ᄒᆞ다 잇ᄯᅴ의 쥬봉이 비러머거 방방
곳곳 총총이 단니던니 천만의외의 옥제 탄금 소릐 풍
편의 들이거날 마암이 비감ᄒᆞ여 왈 첨첨 차자간니
옥저도 낫시 인고 탄금도 낫치 익은이 신위 산식 왈
고이ᄒᆞ도다 분명 ᄂᆡ의 탄금으저로다 ᄒᆞ고 둘물을 뭇
시니 흘니거날 힉선니 문왈 저 거린은 무삼 연고로 저
ᄃᆡ지 실어ᄒᆞ난요 쥬봉 ᄃᆡ왈 나난 왕성 남천문 밧기 사
난 쥬봉이넌이 소연이와 알성급제 ᄒᆞ온니 황제게오서
벼살을 드오시ᄆᆡ 조정ᄇᆡᆨ관이 다 시기ᄒᆞ여 나를 ᄒᆡ평
도사을 보ᄂᆡ기로 도임ᄎᆞ로 갓던니 ᄒᆡ즁의셔 슈적을 만
나 ᄒᆞ인 삼사십 명을 다 쥭이고 ᄯᅩᄒᆞᆫ 나을 물에 던지거날
옥황상제게옵서 살여 쥬시ᄆᆡ 고히 도라가지 못ᄒᆞ고

짐승들이 다 슬퍼하는 듯하였다. 이때 주봉이 빌어먹으며 방방곡곡에 부지런히 다니더니 천만 뜻밖에 옥저와 거문고 소리가 바람을 타고 들리는 것을 들었다. 이 소리를 듣고 마음이 슬퍼져 그 소리를 따라 차근차근 찾아가니 옥저도 낯이 익고 거문고도 낯이 익으니 탄식하여 말한다.

"괴이하도다. 분명 나의 거문고로다."

하고 눈물을 무수히 흘리니, 해선이 묻는다.

"걸인은 무슨 까닭으로 그렇게 슬퍼하는 것입니까?"

주봉이 대답하여 말하기를

"나는 황성 남천문 밖에 사는 주봉이라고 합니다. 소년으로서 알성 급제 하였는데, 황제께서 벼슬을 주시니 조정의 신하들이 다 시기하여 나를 해평 도사로 보내었습니다. 그래서 부임하러 가는데, 바다에서 수적(水賊)을 만났습니다. 수적(水賊)이 하인 삼사십 명을 다 죽이고 나 또한 물에 던져졌습니다. 그러나 옥황상제께옵서 살려 주시어 그대로 돌아가지 못하고

고 이고ᄃᆡ서 비러먹난지라 ᄒᆞ며 옥저난 입으로 불고 탄금
은 손으로 탄니 그 소ᄅᆡ 희선이서 더옥 처움ᄒᆞᆫ지라 잇ᄯᆡ
ᄀᆞᆺ 보난 사람드리 이로ᄃᆡ 부자 안이면 형제로 안니면 부자
로다 ᄒᆞ거날 희선니 ᄉᆡᆼ각ᄒᆞ되 황성의 갓실 ᄯᆡ의 쥬 싱
상ᄃᆡᆨ의서 쥬인니 쥬봉과 갓다 ᄒᆞ고 ᄯᅩᄒᆞᆫ 사람마닥 사양ᄒᆞ시
며 ᄂᆡ 열골과 갓다 ᄒᆞ고 ᄯᅩᄒᆞᆫ 쥬봉이 더난 제 십사 연이라
ᄒᆞ고 ᄯᅩᄒᆞᆫ 나의 나이 십사 세라 가장 고이ᄒᆞ다 아직 아지
못ᄒᆞ니 누설치 안니ᄒᆞ고 거린다려 왈 우리 동 두 사람이
ᄌᆡ조로 일어ᄒᆞᆫ니 영보산 칠보암의 ᄃᆡ차라 ᄒᆞ고 게가
ᄌᆞᆺ타ᄒᆞ니 게가 노자 ᄒᆞ고 ᄒᆞᆫ가지로 올나갈ᄉᆡ 잇ᄯᆡ난 마
참 츈삼월이라 골골리 ᄉᆡ소리요 가지가지 츈ᄉᆡᆨ이라 층
암절벽은 반공의 소사 잇고 이화도 만발ᄒᆞ고 그 양인 ᄒᆞᆫ

이곳에서 빌어먹고 있습니다.”

하며 옥저는 입으로 불고 거문고는 손으로 타니 그 소리가 해선보다 더욱 처량하였다. 이때 구경하는 사람들이 이르기를 아버지와 아들 사이 아니면 형제 사이일 것이라고 하였다. 해선이 생각하기를

‘황성에 갔을 때 주 승상 댁의 주인이 나를 주봉과 같다 하였고, 또한 사람마다 사랑하시면서 내 얼굴이 주봉과 같다 하였으며, 또한 주봉이 떠난 지 십사 년이라 하였는데 나의 나이가 십사 세니 진짜 괴이하구나.’

하면서도 아직 분명히 알지 못하니 누설하지 않고 걸인에게 말한다.

“우리 두 사람이 이렇게 같은 재주를 가졌는데 영보산 칠보암의 경치가 좋다 하니 거기 가서 즐겁게 보냅시다.”

하고 함께 올라가는데, 이때가 마침 봄 삼월이라 골짜기마다 새소리요, 가지가지 봄빛이 어려 있다. 층암절벽은 하늘과 땅 사이에 솟아 있고, 배꽃도 만발하였다. 그 두 사람이 함께

22-뒤

가지로 올나세서 문의 안자 쥬봉이 옥저을 불고 횡선은
탄금을 손으로 타니 천싱 적슈라 옥저 소릭난 산천초목
이 다 춤을 츄난 덧ᄒᆞ고 탄금 소릭난 온갓 금조가 다 노릭
ᄒᆞ난 덧ᄒᆞ더라 잇ᄯᅴ의 제승더리 그 소릭을 듯고 닷토와
귀경ᄒᆞ더라 잇ᄯᅴ의 부인니 슈심으로 세월을 보닉던
니 팔관 딕사와 부인다려 이로딕 풍악을 보온니 형제
가 아니면 부자요 부자가 아니면 형제로다 ᄒᆞ거날 부
인니 고히 여겨 쥬렴을 것고 이익키 보다가 의혹이
만ᄒᆞ며 고이ᄒᆞ고 딕사을 불너 왈 그 즁악의 성명 뉘라
ᄒᆞ며 어딕 게신잇가 그 즁악이 딕왈 ᄒᆞ나흔 황성의
고 ᄯᅩ ᄒᆞᆫ나흔 힝평의서 사난 히선이라 ᄒᆞ나이다 ᄒᆞᆫ
딕 부인니 닉심의 싱각ᄒᆞ되 닉의 가장 쥬 ᄒᆞᆯ님 갓탄니 닉

올라가서 문에 앉아서는 주봉이 옥저를 불고 해선은 거문고를 손으로 타니 천생 적수였다. 옥저 소리는 산천초목(山川草木)이 모두 춤을 추는 듯하였고, 거문고 소리는 온갖 새들이 다 노래하는 듯하였다. 모든 승려들이 그 소리를 듣고 앞 다투어 구경하였더라. 이때 부인은 수심에 빠져 세월을 보내고 있었는데, 팔관 대사가 와서 부인에게 이르기를

"풍악 소리가 들리기에 가서 보니 형제가 아니면 부자지간(父子之間)이요, 부자지간(父子之間)이 아니면 형제가 분명합니다."

하니, 부인이 이상하다고 생각하여 주렴(珠簾)을 걷고 가만히 보다가 의혹이 강하게 일어 대사를 불러 말한다.

"그 풍악을 울리는 사람의 이름은 무엇이라 하며 어디 계십니까?"

그러니 그 풍객 중 하나는 황성 사람이고 또 하나는 해평에 사는 해선이라 한다고 한다. 부인이 마음속으로 생각하되

'나의 남편 주 한림 같기는 한데, 나의

의 가장은 목전의 물의 ᄲᅡ저 쥭의시니 사라올가 만무
ᄃᆡ 세상사을 아지 못ᄒᆞᆫ니라 ᄒᆞ고 그 진위을 아려ᄒᆞ고 보선
두 커리을 지어 가지고 이로되 나난 아모 것도 서물ᄒᆞᆯ 것
업시니 보선 두 커리을 선물ᄒᆞ노라 ᄒᆞ고 맛난 신의소
세 ᄒᆞ며 쥬거날 풍악더리 바다 본니 보선 지은 슈품 모부인
의 슈품이로다 호의 만ᄒᆞ며 부인을 자세이 본 비록 머리
난 ᄡᅥᆨ거시나 그 얼골을 엇지 노르ᄃᆡ요 이이적의 ᄒᆡ선 보선
을 신의랴고 발을 벼신니 외편 ᄉᆡ세발가락이 업난지라
부인니 ᄃᆡ경 왈 이거시 어닌을고 ᄒᆞᆫ나ᄒᆞᆫ ᄂᆡ의 가장의오 ᄯᅩ
ᄒᆞᆫ나ᄒᆞᆫ 셔의 바린 장식이라 고ᄒᆞ 쥬봉의 손을 잡고 근본
을 무은즉 쥬봉이 그제야 전후 곡절 낫낫치 이은ᄃᆡ 부
인도 전후 ᄂᆡ력을 역역키 고ᄒᆞ고 들닙더 안고 긔절ᄒᆞ니 제승

가장(家長)은 내 눈앞에서 빠져 죽었으니 살았을 리가 전혀 없으나 세상일은 알 수 없으니….'

하고 그 진위를 알아보기 위해 버선 두 켤레를 지어 가서 말하였다.

"나는 아무 것도 선물할 것이 없어 이 버선 두 켤레를 선물합니다."

하고 맞는지 신어 보라 하며 주거늘, 풍객들이 받아 보니 버선 지은 수품이 자기 부인의 수품인지라. 마음에 여러 가지 온갖 의혹이 일어나 부인을 자세히 보니, 비록 머리를 깎기는 하였으나 그 얼굴을 어떻게 모르겠는가. 또한 이때 해선은 버선을 신으려고 발을 벗으니 왼쪽 새끼발가락이 없었다. 부인이 크게 놀라 말하기를

"이것이 어인 일인고? 하나는 나의 가장(家長)이요, 또 하나는 나의 버린 자식이라."

하고 주봉의 손을 잡고 근본을 물으니 주봉이 그제야 곡절 많은 전후 사연을 낱낱이 이른다. 부인도 자신에게 있었던 일들을 역력히 말하고 들입다 안고 기절한다. 여러 승려들이

23-뒤

이 그 거동을 보고 놀ᄂᆡ여 왈 이제난 상공을 만나ᄊᆞ온니
무삼 ᄒᆞ니 잇ᄊᆞ을잇가 ᄒᆞ며 위로ᄒᆞ거날 부인과 홀님이
제우 이시슬 진정ᄒᆞ야 ᄒᆞᆫ가지로 실혼ᄒᆞᆫ 사람 갓더라
ᄒᆡ선 울며 엿자오ᄃᆡ 부인게옵서 소자의 왼편 발ᄭᅡ락
업심을 보고 반게ᄒᆞ을 두고 사람ᄒᆞ옵신니 그 근을 자
상이 아라지이다 ᄒᆞ거날 부인니 이로ᄃᆡ ᄂᆡ 처음 ᄒᆡ평도
사 갓삽다가 슈적 장취경이을 만나 ᄒᆞ인 삼심여 명을 다
쥭이고 ᄯᅩᄒᆞᆫ 가장도을 물의 ᄡᅡ저 쥭음을 보고 홀길이 업
서 취경의 집의 잇던니 지비 옥엽을 다리고 도망ᄒᆞ다가
옥엽을 물의 ᄡᅡ저 쥭염을 보고 십싱구가ᄒᆞ야 도망ᄒᆞ
던니 천만의외의 팔관 ᄃᆡ사을 만나 이 절의서 머리 ᄭᅡᆨ고
ᄯᅩ ᄋᆡ긔을 나은니 시승이 왈 절에난 ᄋᆡ기 업난이 불과타

그 거동을 보고 놀라 말한다.

"이제는 남편이신 승상을 만났사오니 무슨 한이 있겠사옵니까?"

하며 위로하니 부인과 한림이 겨우 마음과 정신을 진정하여 앉았으나 둘 다 실혼(失魂)한 사람 같았다. 해선이 울며 여쭙기를

"부인께서 소자(小子)의 왼쪽 발가락이 없는 것을 보고 반가워하고 사랑하시오니 그 근본 이유를 자세히 알고 싶습니다."

하니, 부인이 이르기를

"내가 처음 해평 도사로 부임하는 남편과 함께 가다가 수적(水賊) 장취경을 만나 하인 삼십여 명이 다 죽고 가장 또한 물에 빠져 죽는 것을 보고 어찌할 길이 없어 취경의 집에 있었다. 그러다가 몸종 옥엽을 데리고 도망하다가 옥엽이 물에 빠져 죽었으며 이를 보고 십생구사(十生九死)하여 도망하였단다. 그런데 천만뜻밖에 팔관 대사를 만나 이 절에서 머리를 깎고 또 아기를 낳았는데, 절에는 아기가 없기에 여기서 지낼 수 없다고

ᄒᆞ기로 ᄒᆞᆯ 기리 업서 ᄋᆡ기을 바리려 ᄒᆞᆯ제 장ᄂᆡ
이을 ᄉᆡᆼ각ᄒᆞ야 혹 쥭지 안니ᄒᆞ면 요ᄒᆡᆼ으로 만날가
ᄒᆞ여 ᄉᆡᆨ기발가락을 ᄯᅦ여 옷깃 속의 넛코 유복장 ᄒᆡ
선니라 ᄉᆡᆨ엿노라 ᄒᆞᆫᄃᆡ ᄒᆡ선의 이 말삼을 듯고 쥬 ᄒᆞᆯ
님과 부인전의 ᄒᆞ직ᄒᆞ고 엿자오 소자 도라와 차질 날
이 잇씨울 엇신니 이 절의셔 게시옵소서 ᄒᆞ고 ᄒᆡ평으
로 바로 가서 일불기설ᄒᆞ고 쉬경게 도려가 고왈 미ᄉᆡᆨ과
ᄌᆡ물을 만니 도적ᄒᆞ엿다가 ᄒᆡ변의 ᄃᆡ엿노라 ᄒᆞᆫ니 쉬경
이 질거옴 마음을 칭양치 못ᄒᆞᆯ네라 ᄒᆡ선니 바로 모친전
이 드러가 무난ᄒᆞ고 엿자오ᄃᆡ 요ᄃᆡ 부친은 ᄂᆡ의 근본을
알거신니 자성이 가르처 쥬옵소서 눈물을 무슈이
ᄒᆞᆯ니거날 부인이 이 말 듯고 ᄂᆡ다라 올ᄂᆡ며 왈 네 기연 말

하였다. 어찌할 도리가 없어 아기를 버려야 했는데, 장래 일을 생각해 보니 혹시 죽지 않으면 다행히 만날 수 있을까 하여 새끼발가락을 떼어 옷깃 속에 넣고 '유복자 해선'이라 새겼느니라.
해선이 이 말씀을 듣고 주 한림과 부인께 하직인사를 하고 여쭙기를
"소자(小子) 돌아와서 찾을 날이 있을 것이오니 이 절에 계시옵소서."
하고, 해평으로 바로 가서는 있었던 일을 절대 말하지 않고 취경에게 돌아가 말한다.
"미색과 재물을 많이 도적질하여 해변가에 두었습니다."
하니 취경이 즐거운 마음을 측량할 수 없을 정도였다. 해선이 바로 자신을 길러 준 어머니께 나아가 문안인사를 드리고서는 여쭙기를
"어머니께서는 아버지와 관련하여 저의 근본을 아실 것이니 자세히 가르쳐 주옵소서."
하며 눈물을 무수히 흘리니, 부인이 이 말을 듣고 달려와 달래며 그런 말

나 ᄒᆞ신ᄃᆡ 다시 ᄭᅮ러안자 칼을 ᄲᅢ여들고 제 목의 ᄃᆡ이고 울면 왈 모친님은 바로 안니 가라치면 이 칼노 쓸너 죽을 거신니 모친님은 바로 일너 쥬옵소서 이 부인니 ᄉᆡᆼ각ᄒᆞ되 제 엇지 근본 알고자 ᄒᆞ니 ᄂᆡ 엇지 안니 일너쥬리오 죽시 벽상을 열고 ᄇᆡ인의 저고리을 ᄂᆡ 쥬거날 희선이 옷짓슬 ᄭᅦ여보니 왼편 발ᄭᅡ락시 잇고 ᄯᅩ 저고리네 귀의 유복자 희선이라 ᄉᆡᆨ여시되 억ᄉᆡ적게 ᄉᆡᆨ은 덧ᄒᆞ더라 모친게 당부ᄒᆞ고 왈 모침은 ᄂᆡ 유모라 부ᄃᆡ 부ᄃᆡ 이 말을 누설치 마옵소서 소자는 황성으로 올나가다 과ᄒᆞᆫ 후의 열두 부인을 모시고 원슈을 갑삽고 츙비 옥엽의 원슈을 갑풀 거신니 모친님은 부ᄃᆡ 부ᄃᆡ 누설치 마옵소서 바로 나와 츄경게 이르ᄃᆡ 미ᄉᆡᆨ과 ᄌᆡ물하지 말라고 한다. 그러자 해선이 다시 꿇어앉아 칼을 빼어들고 제 목에 대고는 울며 말한다.

"어머니께서 바로 가르쳐 주지 않으시면 저 스스로 이 칼로 찔러 죽을 것이니 어머니께서 똑바로 일러 주옵소서."

이 부인이 생각하기를

'제가 어떻게 근본을 알고자 하는지 모르나 내가 어찌 일러 주지 않을 수 있겠는가?'

하고 즉시 벽장을 열고 배냇저고리를 내 주었다. 해선이 그 옷깃을 떼어 보니 왼쪽 발가락이 있고 또 저고리의 네 귀퉁이에 '유복자 해선'이라고 쓰여 있는데 마치 엊그제 새겨 넣은 듯하였다. 해선이 어머니께 당부하기를

"어머니는 저의 유모입니다. 부디 부디 이 말을 누설하지 마옵소서. 소자(小子)는 황성으로 올라가 과거(科擧)를 본 후에 열두 부인을 모시고 원수를 갚고, 충성스러운 종 옥엽의 원수를 갚을 것이니 어머니께서는 부디 부디 누설하지 마옵소서."

하고서는 바로 나와 추경에게 이르기를

"미색과 재물을

25 - 앞

을 즁노 두어신니 나아가 슈봉ᄒᆞ와오리다 ᄒᆞ고 ᄒᆞ직 ᄒᆞ고 나온니 쉬경이 질거온 마음으로 즉시 말이말을 쥬거날 히선니 타고 즉시 비서을 타고 슌풍을 만나 슈로 오만 오철 니을 ᄒᆞᆫ 달만니 건너가서 말을 타니 비룡과 갓치 간니 육노로 사만 사철 니을 닷ᄉᆡ만의 황성의 득달ᄒᆞ야난지라 히선니 바로 그 부인 ᄯᅢᆨ의 가서 말게 나려 부인게 문왈 히평의 사난 장히선이 왓난이다 ᄒᆞᆫᄃᆡ 부인니 히선을 보ᄂᆡ고 날노 즈다리던니 히선이란 말을 듯고 ᄒᆞᆫ거름의 ᄂᆡ달나 히선 손을 잡고 눈물을 흘니며 왈 귀ᄀᆡ의 엇지 소식이 돈절ᄒᆞᆫ요 귀ᄉᆡᆨ의 ᄂᆡ 집의 단여간 제 장차 삼 연이라 어ᄃᆡ가 쳔힝으로 ᄂᆡ의 아달 쥬봉이 부처 사싱존망을 알

오는 길에 두었으니 가서 가져오겠습니다."
하고 하직하고 나오니 취경이 즐거운 마음으로 즉시 만리마(萬里馬)를 내 주었다. 해선이 그 만리마(萬里馬)를 타고 가서 즉시 비선(飛船)을 타고 순풍을 만나 수로(水路) 오만 오천 리를 한 달 만에 건너가서 말을 타니 날아가는 용과 같이 가니 육로(陸路)로 사만 사천 리를 닷새 만에 가서 황성에 도달하였는지라. 해선이 바로 그 부인 댁에 가서는 말에서 내려 부인께 문안한다.

"해평에 사는 장해선이 왔나이다."
하니, 부인이 해선을 보내고 매일같이 기다리다가 해선이라는 말을 듣고 한걸음에 내달려 나와 해선의 손을 잡고 눈물을 흘리며 말한다.

"당신께서 어찌 그리 소식을 전하지 않으셨는지요? 손님께서 저의 집을 다녀간 지 벌써 삼 년이나 되었다오. 어디 가서 천행으로 저의 아들 주봉 부부가 살았는지 죽었는지 알게 되어

고 오신잇가 ᄒᆞ며 ᄯᅡᆼ의 업ᄯᅥ지며 통곡ᄒᆞ니 급피 붓들고 위
로 왈 부인이 너무 슬어 마리소서 소자의 말을 드러
보옵소서 소자 ᄒᆡ평 고으레 가서 옥저 탄금으로 경긔
조흔 ᄃᆡ 놀ᄆᆡ 굿ᄯᆡ의 쥬 할님이라 ᄒᆞ난 사람이 방방곳
곳 촌촌이 비러머거 단니다가 천만 의외의 소자을
만나 옥저 탄금을 보고 저ᄒᆞ서 ᄒᆞᄆᆡ 고히 네게 그 ᄂᆡ력
을 무르시고 옥저 탄금을 불나 ᄒᆞ신니 관연 부인의 말
삼갓치 부난 ᄒᆞ로 자연 반가은 마암이 잇난고로 동ᄒᆡ
ᄒᆞ여 두로 단니옵던니 의외에 영보산 칠보암의 귀
경차로 갓삽던니 천만의외의 부인 만난 말삼을 ᄃᆡ
강 엿자온ᄃᆡ 부인니 이 말을 듯고 반가온 마암을 칭양
못ᄒᆞᆯ네라 각설 잇ᄃᆡ의 과거날니 당ᄒᆞᄆᆡ ᄒᆡ선의 장

오신 것입니까?"

하며 땅에 엎어지며 통곡하니 해선이 급히 붙들고 위로한다.

"부인께서는 너무 슬퍼하지 마소서. 소자(小子)의 말을 들어 보옵소서. 소자(小子)가 해평 고을에 가서 옥저와 거문고로 경치 좋은 데에서 놀고 있었습니다. 그때 주 한림이라고 하는 사람이 방방곡곡마다 마을마을마다 빌어먹으며 다니다가 천만뜻밖에 소자(小子)를 만나, 제가 갖고 있는 옥저와 거문고를 보고 이상하게 여겨 그 내력을 물으셨습니다. 그리고 옥저와 거문고를 연주해 본다고 하셔서 보니 과연 부인의 말씀같이 하기에 자연히 반가운 마음이 있어 동행하며 두루 다니었습니다."

하고는 영보산 칠보암에 구경 차 갔었다가 천만뜻밖에 자신을 낳은 어머니를 만난 말씀을 대강 여쭈었다. 부인이 이 말을 듣고 반가운 마음이 측량할 수 없을 정도였다. 한편 이때 과거 날이 다가와서 해선이 과거 시험장

즁의 드러가 선접ᄒᆞ고 글을 지어 밧치고 나와 ᄌᆔ인의
ᄉᆔ덕이 황제 그 글을 보시고 층찬 왈 이 글은 천지
조화을 품어신니 천ᄒᆞ의 영웅궁결이라 ᄒᆞ시고 직시
ᄀᆡ뎩ᄒᆞᆫ니 이 ᄒᆡ평의서 사난 장ᄒᆡ선니라 ᄒᆞ엿거날
시 실ᄂᆡ을 부루미 ᄒᆡ선을 보고 층찬 왈 네의 거동과 형
용이 쥬 홀님 봄과 갓타여 성명이 장ᄒᆡ선이라 ᄒᆞ니
경의 조사으서 무삼 벼살 ᄒᆞ여ᄯᅥ야 ᄒᆡ선의 복지 쥬
왈 아모 벼살도 못ᄒᆞ옵고 초ᄋᆡ의 뭇처 농부되여 근
근자ᄉᆡᆼᄒᆞ옵던 천만의외의 과거 소식 듯고 과거을 보
와던니 천은이 망극ᄒᆞ와 일홈이 용문의 올나ᄡᅡ
온니 창공 감사ᄒᆞ여이다 황제 ᄒᆡ선의 손을 잡으시
고 경은 짐의 슈족이라 ᄒᆞ시고 친이 어쥬 삼ᄇᆡᆨ을 쥬시고

안에 들어가 가장 먼저 글을 지어 바치고 나와 주인댁에 와서 쉬고 있었다. 황제께서 그 글을 보시고 칭찬하여 말씀하시기를

"이 글은 천지조화를 품었으니 이 글 지은 사람은 천하의 영웅호걸이라."

하시고 즉시 시험지를 열어 보니, 해평에 사는 장해선이라 되어 있었다. 이에 궐내로 불러 해선을 보시고 칭찬하여 말씀하시기를

"너의 거동(擧動)과 형용이 주 한림을 보는 것 같은데, 경(卿)의 이름이 장해선이라 하니 조상이 무슨 벼슬을 하였는지 알고 싶구나."

해선이 엎드려 아뢰기를

"아무 벼슬도 못하였고, 초야에 묻히어 농부로 근근이 살고 있었습니다. 천만의외로 과거 소식을 듣고 과거(科擧)를 보았더니 천은(天恩)이 망극하여 이름이 용문에 올랐사오니 황공 감사하옵니다."

황제가 해선의 손을 잡으며

"경(卿)은 짐의 수족(手足)이라."

하시고 황제가 친히 어주(御酒) 세 잔을 주시고

26-뒤

사랑ᄒᆞ시며 가라사ᄃᆡ 경은 무삼 벼살이 소원인가 ᄒᆞ

신ᄃᆡ ᄒᆡ선니 왈 엇지 소원이라 ᄒᆞ실잇가만은 ᄒᆡ평

고리 인심이 무거ᄒᆞ와 ᄇᆡᆨ성의 드탄 즁의 잇싸오니 ᄒᆡ

평 도사을 쥬옵시면 신이 나려가 오륜과 삼강을 가라

처 ᄇᆡᆨ성을 건저 도라와 폐ᄒᆞ 실ᄒᆞ의 국사을 마분지

이리나 드르이다 ᄒᆞᆫᄃᆡ 천자 ᄃᆡᄒᆞ사 즉시 ᄒᆡ평 도사을 제

슈ᄒᆞ신니 ᄒᆡ선의 탑전의 ᄒᆞ직ᄒᆞ고 즉시 나와 발ᄒᆡᆼ

여 간니 장안 인민과 만조ᄇᆡᆨ관의 닷토와 귀경ᄒᆞ

거날 ᄒᆡ선이 여러 날 만의 슈로이 득달ᄒᆞᆫ니 슈적 장

취경이 당유가 뫼와 사방으로 사방으로 이워사고 치

랴 ᄒᆞᆫ니 ᄒᆡ선의 창검을 들고 선쥬의 나서며 호령을

추상갓치 ᄒᆞᆫ니 슈척들 자서이 살펴본니 저의 서

사랑하시며 말하기를

"경(卿)은 무슨 벼슬이 소원인가?"

하신대, 해선이 말하기를

"어찌 소원이라 하겠습니까마는, 해평 고을 인심이 흉악하여 백성이 도탄 중에 있습니다. 그러니 해평 도사를 주시오면 신(臣)이 내려가 오륜(五倫)과 삼강(三綱)을 가르치고 백성을 건져 돌아와 폐하의 슬하에서 국사(國事)를 만분지일(萬分之一)이라도 도와 드리겠습니다."

하니, 천자가 허락하시어 즉시 해평 도사를 제수하시니 해선이 임금님께 하직하고 나와 바로 출발하여 가니 장안의 백성들과 만조백관이 앞 다투어 구경하였다. 여러 날 만에 수로(水路)에 도달하니 수적(水賊) 장취경의 무리들이 모여 사방으로 에워싸고 치려 하였다. 해선이 창과 칼을 들고 선두에 나서며 호령을 추상(秋霜)같이 내리니 수적(水賊)들이 자세히 살펴보았다. 그러고 보니 자신들의 서방님

27 - 앞

방님 희선 일너라 즉시 취경게 엿자온듸 취경이
이 말 듯고 일번 반갑고 일번은 놀듸여 반가온 마음을
칭양치 못흘네라 희선의 고을에 도임흐고 싊
던니 잇ᄯᅢ의 영보산 칠보암의 잇난 이 부인과 쥬 흘님
이 희평 도사 도임흔 후의 정사가 일월 갓다 흐
온니 우리도 원정[82]이나 흐고 만단연유을 지어 가지고 희
평고을 나려가서 원정을 울여 보사이다 흐고 나려가
원정을 올닌듸 도사 보시고 이 부인과 쥬 흘님의 원정이
라 무릅밋틔 접어 넛코 쥬 흘님과 이 부인을 별
당의 슘키오고 안으로 드러가 열두 부인을 보고
엿자오듸 소자의 분흔물 참을 기리 업사온니
엇지 흐올잇가 열두 부닌니 왈 그놈의 살을 ᄯᅡᆨᄯᅡᆨ

해선이 아니겠는가? 즉시 취경에게 이를 말하니, 취경이 이 말을 듣고 한편으로는 반갑고 한편으로는 놀랍고 반가운 마음을 측량치 못할 정도였다. 해선은 고을에 도임하고 쉬고 있었는데, 이때 영보산 칠보암에 있는 이 부인과 주 한림이 해평 도사가 도임한 후 다스림이 해와 달 같다는 소식을 듣고, '우리도 원정(原情)이나 하자.'고 하였다.

그래서 온갖 사연을 담아 원정을 지어 해평 고을에 내려가서 올려 보자고 하였다. 내려가서 원정을 올리니 해평 도사가 보시고 이 부인과 주 한림의 원정(原情)임을 알고, 원정(原情)은 무릎 밑에 접어 넣었다. 주 한림과 이 부인을 별당에 숨기고, 안으로 들어가 열두 부인을 보고 여쭙기를

"소자(小子)의 분함을 참을 길이 없사오니 어찌해야 하겠습니까?"

하니, 열두 부인이 말하기를

"그놈의 살을 깎아

27 - 뒤

우리 열두리 먹고 간은 닉야 쥬 홀님 부처 도사
가 먹고 쎄난 가라 군사가 먹으리라 흔딕 이 날
잔처을 빅설ᄒᆞ고 취경을 청흔니 취경의
거동 보소 저 죽을 쥴을 모르고 저을 위로ᄒᆞ야
잔치을 ᄒᆞ난 쥴만 알고 이기 양양ᄒᆞ거날 좌셕
의 안치고 쥬찬을 딕접흔 후의 힉선이 호통을 벽역갓
치 ᄒᆞ니 굴노 사영을 호령ᄒᆞ여 왈 저 장취경을 절
박ᄒᆞ라 ᄒᆞ난 소릭 관사이 뒤눕난 듯ᄒᆞ난지라 취경이
천장을 치야다 본니 도사 쥬봉과 흔 가지로 안자 거날
그제야 전사울 싱각ᄒᆞ니 이제 쥭을시 분명하다 ᄒᆞ
고 슌악흔 병의 싀기을 길너도다 ᄒᆞ며 뉘을 원망
ᄒᆞ리요 이리 홀 지음의 열두 부인니 달여드러 동인 치

우리 열둘이 먹고, 간은 꺼내어 주 한림 부부와 도사가 먹고, 뼈는 갈아서 군사가 먹을 것입니다."

한대, 이날 잔치를 배설하고 취경을 청하니, 취경의 거동 보소. 자기가 죽을 줄 모르고 자기를 위로하려고 잔치 하는 줄만 알고 의기양양(意氣揚揚)하였다. 좌석에 앉히고 음식과 술을 대접한 후에 호통을 벽력(霹靂)같이 내리고 군노(軍奴) 사령에게 호령하여 말한다.

"저 장취경을 결박하라!"

하는 소리가 관사를 뒤집는 듯하였다. 취경이 천장을 쳐다보니 해평 도사가 주봉과 함께 앉아 있거늘, 그제야 예전 일을 생각하고 이제 자신이 죽을 것이 분명하다 싶었다. 자신이 흉악한 범의 새끼를 길렀다고 하며 누구를 원망하겠느냐고 자책하였다. 이럴 즈음에 열두 부인이 달려들어 장취경을 동인 채

세워 두고 살을 쐇가 열 부인니 다 먹고 간은 닉여
흘님 부처와 도사가 먹고 쎄는 가라 군사을 며리랴
철천지 절슈을 갑파쏘다 ᄒᆞ고 츙비 옥엽은 만경
창파의 쥭어선니 엇지 다시 보리요 그 연유을 천자게
쥬달ᄒᆞ고 쥬야로 익통ᄒᆞ더라 잇ᄯᅴ 천자 ᄒᆡ평 고으레 난
난을 쥬야 근심ᄒᆞ시던니 쥬봉의 상쇼을 보고 왈 놀납
고 괴이ᄒᆞᆫ 닐도 만토다 쥬ᄒᆡ선이라 ᄒᆡ고ᄒᆞ여거날 잇
ᄯᅴ 천자의 ᄒᆞ괴을 보신니 ᄒᆞ여시되 쥬봉으로 전의
ᄒᆞ던 베살을 봉ᄒᆞ라 ᄒᆞ고 ᄒᆡ선은 츙열효자로
사ᄒᆞ 방어사을 봉ᄒᆞ시고 모친 왕 부인으로 청열부닌
을 봉ᄒᆞ고 이 부인으로 츙열 부인을 봉ᄒᆞ시고 그나문
부인은 각각 지첩을 도도와 봉ᄒᆞ시고 열두 부인은 천은

세워 두고 살을 깎아 열 부인이 다 먹고 간은 내어 한림 부처와 도사가 먹고 뼈는 갈아서 군사를 먹이었다. 그리고 철천지 원수를 갚았다고 하며 충성된 종 옥엽은 만경창파(萬頃蒼波)에 죽었으니 어찌 다시 보겠는가 하였다. 그 까닭을 천자께 아뢰고는 밤낮으로 애통해 하였다. 이때 천자가 해평 고을에 일어난 난을 밤낮으로 근심하시었는데, 주봉이 올린 상소를 보고 말씀하시기를

"놀랍고 괴이한 일도 많도다!"

하시고 이름을 '주해선'이라 하도록 명령하시었다. 이때 천자의 하교(下敎)를 보니 하였으되, 주봉으로 하여금 전에 하던 벼슬을 봉하라 하시고, 해선은 충열 효자로 방어사를 봉하시고 모친 왕 부인에게는 청열 부인을 봉하고, 이 부인에게는 충열 부인을 봉하시고, 그 나머지 부인들은 각각의 벼슬을 돋우어 봉하시고, 열두 부인은 천은(天恩)을

을 축사ᄒᆞ더라 잇ᄯᆡ의 홀님과 방어사 북ᄒᆡᆼ사ᄇᆡ
ᄒᆞ고 천은을 축슈하시며 못ᄂᆡ 치사ᄒᆞ시고 모 부인은
쥬야 모시며 왈 우리난 천ᄒᆡᆼ으로 사라나서 베살노
간니 츙비 옥엽은 ᄒᆡ즁의 죽고 혼ᄇᆡᆨ도 오날 못다
러 간니 답답ᄒᆞ고 원통ᄒᆞᆫ 일이 어ᄃᆡ 잇시리오 서로
붓들고 ᄃᆡ성통곡 하며 ᄒᆞ날님을 부루지지며 ᄋᆡ
통ᄒᆞ시니 옥황상제 용왕의게 분부ᄒᆞ시되 쥬봉이
부자와 이 부인의 정성의 가련ᄒᆞ니 ᄯᅩᄒᆞᆫ 옥엽
은 만고의 츙비라 옥엽의곳 안니면 쥬봉니 붓처
엇지 사라시며 ᄯᅩ ᄒᆡ선니 북 북즁의서 사러나서 세
상을 엇지 귀경ᄒᆞ려요 그러홈우로 옥엽도 환ᄉᆡᆼᄒᆞ
라 분부ᄒᆞ여더라 잇ᄯᆡ 천변 슈록 ᄌᆡ상을 옥엽의

감사하였다. 이때 한림과 방어사가 북향(北向) 사배(四拜)하고 천은(天恩)을 축수하시며 이루 말할 수 없이 깊이 감사하고 왕부인을 주야(晝夜)로 모시며 말하기를

"우리는 천행(天幸)으로 살아나서 벼슬을 받았으나, 충성된 종 옥엽은 바다에서 죽고 혼백(魂魄)도 오늘 못 데려 가니 이런 답답하고 원통한 일이 어디 있겠는가?"

하며 서로 붙들고 대성통곡(大聲痛哭)하며 하느님을 부르짖으며 애통하시니 옥황상제께서 용왕에게 분부하시되

"주봉 부자(父子)와 이 부인의 정성이 가련하기도 하고 옥엽은 만고의 충성스러운 종이라. 옥엽이 아니었더라면 주봉이 어떻게 살았을 것이며 주봉의 부인은 어찌 살았을 것이며, 또 해선이 뱃속에서 살아나서 세상을 어떻게 구경할 수 있었겠는가? 그러하니 옥엽도 환생하라."

하셨더라. 이때 천변(川邊) 수륙(水陸) 제사를 옥엽이

29-앞

ᄲᅡ진 강가의 ᄇᆡ설ᄒᆞᆯᄉᆡ 천ᄒᆞ ᄃᆡ사와 무복자와 만조
ᄇᆡᆨ관며 츙열 잇난 사람을 ᄒᆞ날님게 축슈ᄒᆞ고 부인
과 쥬봉의 부자난 제조 안발ᄒᆞ고 신영ᄇᆡᆨ모ᄒᆞ고 삼
칭 단을 놉피 놋고 정성으로 비러 왈 옥엽 옥엽 우리
츙비 옥엽아 ᄒᆞᆯ님도 사라 왓다 부인도 사라 왓다
너도 사라 오거라 보고 지거 보고 지거 옥엽이 혼ᄇᆡᆨ이나 보
고지거 듯고 지거 선두의 서서 비던 소ᄅᆡ 듯고 지거 보
고 지거 보고 지거 남북으로 월침침야 삼경의 도망올던 그 거동
을 보고 지거 욕ᄒᆞ던 그 소ᄅᆡ 듯고 지거 ᄒᆞ며 비난 소ᄅᆡ 용
궁이 사뭇찬지라 잇ᄯᆡ 용왕이 옥엽다려 분부 왈 너난
나려가서 얼골만 간 뵈이고 오라 ᄒᆞ신ᄃᆡ 옥엽의 ᄒᆡ즁
의서 게오 목만 ᄂᆡ여 부인을 바로 보며 부인을 너왈 부

빠진 강가에 차리는데, 천하의 대사와 점치는 사람과 만조백관, 충렬 있는 사람들이 하느님께 축수하고, 부인과 주봉이 부자(父子)는 전조단발(剪爪斷髮)하고 신영백모(身纓白茅)하고서는 삼층 단을 높이 쌓아 놓고 정성을 빈다.

"옥엽아, 옥엽아. 우리의 충성스러운 종 옥엽아. 한림도 살아 왔다. 부인도 살아 왔다. 너도 살아 오거라. 보고 지고, 보고 지고. 옥엽이 혼백이나 보고 지고. 듣고 지고. 선두에 서서 빌던 소리 듣고 지고. 보고 지고, 보고 지고. 남복하고 달 깊은 한밤중 삼경(三更)에 도망 오던 그 거동 보고 지고. 욕하던 그 소리 듣고 지고."

하며 비는 소리가 용궁에 사무쳤더라. 용왕이 옥엽에게 분부하시기를

"너는 내려가서 얼굴만 잠깐 보이고 오라."

하시니 옥엽이 바다 가운데에서 겨우 목만 내어 부인을 바라보며 부른다.

인은 날 살여 쥬옵소서 ᄒᆞ니 억만 군사며 굿보난
사람의 뉘 안니 울이요 옥엽이 도로 물속으로 드러가
고 뵈이지 안니 하거날 홀님 붓처 발을 동동 구르며 통
곡 왈 옥엽 어ᄃᆡ로 가난다 ᄒᆞ고 울거날 잇ᄯᆡ 만조빅관
니 천자게 쥬ᄒᆞ되 옥엽의 얼골만 잠간 뵈이고 도로 물노
드러가온니 니 일을 엇지 ᄒᆞ올잇가 ᄒᆞ거날 천지 ᄒᆞ괴
왈 정성의 부족ᄒᆞ리요 그러ᄒᆞ도다 ᄒᆞ시고 다시 ᄒᆞ고ᄒᆞ
거날 다시 물여 드리라 각별이 비러 왈 등장 가ᄉᆡ 등장 가ᄉᆡ
옥황전의 등장 가ᄉᆡ 비나이다 비나이다 ᄒᆞ날님게 비나이
다 츙비 옥엽을 살여 쥬옵소서 삼일을 정성
으로 비러던니 히즁의서 달 듯덧ᄒᆞ야 옥엽이 히리
을 반만 ᄂᆡ여 보이니 물을 헷치며 홀님을 보고 부인

"부인께서 제발 저를 살려 주옵소서."

하니, 억만 군사며 구경하는 사람들 중 누가 울지 않겠는가? 옥엽이 도로 물속으로 들어가고 보이지 아니하거늘, 한림 부부가 발을 동동 구르며 통곡하며 말한다.

"옥엽아, 어디로 가느냐?"

하고 우니, 이때 만조백관이 천자께 아뢰기를

"옥엽이 얼굴만 잠깐 보이고 도로 물로 들어가오니 이 일을 어찌하면 좋겠습니까?"

하니, 천자께서 하교(下教)하시기를

"정성이 부족하여 그러하도다."

하시고는 다시 하교하시기를 다시 물려 들이라 하거늘 각별히 빈다.

"등장 가세. 등장 가세. 옥황상제님께 등장 가세. 비나이다. 비나이다. 하느님께 비나이다. 충성된 종 옥엽이를 살려 주옵소서."

하고, 삼일(三日)을 정성으로 빌었더니 바다 가운데에서 달이 돋는 듯 옥엽이 허리를 반만 내어 보이며 물을 헤치고 한림을 보고서는 부인을

30-앞

을 부리며 날 살여쥬소서 ᄒᆞ난 소릐 차마 듯지 못ᄒᆞᆯ
네라 잇ᄯᅴ의 ᄒᆞᆯ님과 부인니 달여드러 안고자 ᄒᆞ거날 어
사 부들고 위로 왈 어무이 정성은 차목 ᄒᆞᆫ둘 엇지 만경
창파의 노을잇가 ᄒᆞᆯ ᄯᅴ의 옥엽의 ᄯᅩ 물노 드러가거날
ᄯᅩ다시 천자게 쥬달ᄒᆞᆫᄃᆡ 황제 더욱 잣탄ᄒᆞ신고 친니
전쬬단발 ᄒᆞ고 신영ᄇᆡᆨ모로 ᄒᆞ날님게 비러 왈 만고 츙비 옥엽
이 츙신을 옥황상제게 비나니다 그 츙열을 ᄉᆡᆼ각하시
고 다시 인도환ᄉᆡᆼᄒᆞ여이다 ᄉᆡᆼ전의 양위을 다시 보옵게
ᄒᆞ시면 제의 츙열문을 지여 천말 연이 지ᄂᆡ도록 유
전코자 ᄒᆞ온니 비난니다 비난니다 제발 덕분 비난니다 옥
황상제게옵소서 빌기울 ᄒᆞ고 ᄯᅩ 다시 전고83)ᄒᆞ시되 다
시 지다리라 ᄒᆞ더라 잇ᄃᆡ 옥황상제게옵서 분부ᄒᆞ시되

부르며,

"날 살려주소서."

하는 소리, 차마 듣지 못할 정도였다. 이때 한림과 부인이 달려들어 안고자 하니 어사가 붙들고 위로하여 말하기를

"어머니 정성이 이렇게 참혹할지라도 어찌 만경창파(萬頃蒼波)에 가시려 하십니까?"

할 때에 옥엽이 또 물로 들어가거늘 또다시 천자께 아뢰니 황제가 더욱 자탄하시고 친히 전조단발(剪爪斷髮) 하고 신영백모(身纓白茅)로 하느님께 빌어 말한다.

"만고(萬古)의 충성된 종 옥엽이의 충정을 생각하여 옥황상제께 비나이다. 그 충렬을 생각하시고 다시 인도하여 환생하게 하여 주옵소서. 살아생전에 우리 부부가 다시 보게 해 주시오면 충렬문을 지어 천만 년이 지나도록 유전(遺傳)하고자 하옵니다. 비나이다. 비나이다. 제발 덕분(德分) 비나이다."

옥황상제께서 이 비는 것을 다 듣고 또 다시 전교(傳敎)하시기를 다시 기다리라 하였더라. 이때 옥황상제께서 분부하시되

30-뒤

옥엽을 세상의 닉려 보닉되 몬저 니은 세지 말고 또다
시 팔십 세을 쥬라 ᄒᆞ신니라 이적의 용왕이 상제 분
부을 듯고 삼을직게을 국진니 지닉니 히즁의서
다 못나들 못 ᄒᆞ고 옥엽 히즁의서 부인을 부려며
팔을 헛치고 날을 살여 쥬소서 ᄒᆞᆫ니 자서이 본
니 나오던 못ᄒᆞ거날 모든 부인과 ᄒᆞᆯ님 붓처 서로
붓들고 통곡ᄒᆞ며 왈 답답ᄒᆞᆫ 니리로다 잇ᄯᅴ 옥
황상제게옵서 일관딕ᄉᆞ을 다시 분부ᄒᆞ되 급피 나
려가 옥엽을 살여쥬라 ᄒᆞ신니 딕사 육훈장
을 즙고 무지게로 다리 노와 옥엽을 육훈장을 붓
들고 무지게로 다리 노와 건너오거날 ᄒᆞᆯ님 부처 서로 붓
들고 실피 우니 산천초목이 다 실피ᄒᆞ난 듯

"옥엽을 세상에 내 보내되, 먼저 살았던 나이는 세지 말고 또 다시 팔십 세를 주라."

하시니라. 이때 용왕이 옥황상제의 분부를 듣고 삼일제를 극진히 지내니 바다 가운데에서 더 이상 드나들지 못하고 옥엽이 바다에서 부인을 부르며 팔을 헤치고

"나를 살려 주소서."

하니, 자세히 본즉 나오지를 못하거늘 모든 부인과 한림 부부가 서로 붙들고 통곡하며

"답답한 일이로다."

하더라. 이때 옥황상제께서 일광 대사에게 다시 분부하시기를

"급히 내려가 옥엽을 살려 주라."

하시니 대사가 육환장을 짚고 무지개로 다리를 놓아 옥엽에게 육환장을 붙들고 무지개로 다리를 건너오게 하니, 한림 부부가 서로 붙들고 슬피 우니 산천초목(山川草木)이 모두 슬퍼하는 듯

31 – 앞

ᄒᆞ더라 옥엽이 눈물을 근치고 ᄒᆡ선을 도라 보면 왈 저 서ᄇᆡ은 뉘시관ᄃᆡ 저ᄃᆡ지 실어ᄒᆞ시잇가 부인니 왈 ᄂᆡ 이 복즁의 드러던 ᄋᆡ기로다 ᄒᆞᆫ니 옥엽이 그 말을 듯고 못ᄂᆡ 반겨 왈 옛 일을 ᄉᆡᆼ각ᄒᆞ니 ᄉᆞᆲ도 갓고 승도 갓다 ᄒᆞᆫ니 ᄒᆡ선의 옥엽을 븟들고 울며 왈 모친의 말삼을 드르니 부인은 ᄂᆡ의 모친과 달으지 안 안이ᄒᆞᆫ 지라 부인 안니시면 부친도 엇지 살며 부인을 엿지 사려시며 ᄂᆡ의 몸인들 엇지 세상의 나서 원슈을 갑푸이소 이런 고로 부인은 ᄂᆡ의 모친이라 하시고 그 연유을 쥬달ᄒᆞᆫ니 천자 그 연유을 보고 ᄒᆞ교ᄒᆞ사 승상 쥬봉이로 제평 왈을 봉ᄒᆞ시고 ᄒᆡ선으로 좌유상서을 봉하시고 제의 부친으로 섭정왈을 ᄃᆡ게 ᄒᆞ시고 왕 부인으로 봉ᄒᆞ시고 이 부인

하였다. 옥엽이 눈물을 그치고 해선을 돌아보면서 말하기를

"저 선비는 누구시기에 저렇게 슬퍼하시나이까?"

부인이 말하기를

"나의 뱃속에 들어 있던 아기로다."

하니 옥엽이 그 말을 듣고 매우 반가워하며 말하기를

"옛날 일을 생각하니 꿈같기도 하고 생시 같기도 합니다."

하니 해선이 옥엽을 붙들고 울면서 말하기를

"어머니의 말씀을 들으니 부인은 저의 어머니나 다를 바 없습니다. 부인이 아니었다면 아버지께서 어떻게 살았을 것이며, 어머니는 어떻게 살렸겠으며, 저의 몸인들 어떻게 세상에 나서 원수를 갚을 수 있었겠습니까?"

이러한 까닭으로 해선이 옥엽을 자신의 어머니라 하고 그 이유를 천자께 아뢰니, 천자께서 그 이유를 보시고 하교(下敎)하시기를 승상 주봉은 제평왕을 봉하시고, 해선에게는 좌우상서를 봉하시고, 저의 아버지에게는 섭정왕을 되게 하시고, 왕 부인을 봉하시고, 이 부인으로

31 – 뒤

으로 슉열부닌을 봉ᄒᆞ시고 옥엽으로 만고정열부인을 봉ᄒᆞ시고 열두 부인으로 다 갑갑 즉첩을 도도와 봉ᄒᆞ시고 희선의 부자 천은 축슈ᄒᆞ고 부인을 모시고 황성으로 갈ᄉᆡ 위의 거동은 긔슈로다 잇ᄃᆡ의 각도 각읍 방ᄇᆡᆨ 슈영이 다 십의외의 ᄃᆡ휘ᄒᆞ고 만인은 겍양가[84]을 부르며 ᄐᆡ평 세상을 자랑ᄒᆞ더라 황제 남천문 밧게 나와 마질ᄉᆡ 그리던 정을 엇지 층양ᄒᆞ리오 ᄒᆞ더라 이적의 승상 부자며 부인과 옥엽이 급피 본ᄃᆡᆨ으로 다려가 왕 부인을 붓들고 업더저 통곡ᄒᆞ며 알외되 불회자 주봉니 왓나니다 ᄒᆞ며 ᄀᆡ절ᄒᆞ고 ᄯᅩ 이 부인니 알외되 부회부 왓난이다 ᄒᆞ며 ᄯᅡᆼ의 업더져 통곡ᄒᆞ니 이제 왕 부인니 니 말을 듯고 여망여취[85]하야 기절ᄒᆞ니 희선과 옥엽이 부인을 붓들

숙렬 부인을 봉하시고, 옥엽에게는 만고(萬古) 정열 부인을 봉하시고, 열두 부인에게는 다 각각 직첩을 돋우어 봉하시었다. 해선의 부자(父子)는 천은(天恩)을 감사하고 부인을 모시고 황성으로 가는데 그 위엄 있는 거동이 대단하였다. 이때 각도 각읍 방백 수령이 다 대령하고 만 백성은 격양가(擊壤歌)를 부르며 태평한 세상을 자랑하더라. 황제가 남천문 밖에 나와 맞이하는데 그 그리던 정을 어찌 측량할 수 있겠는가 하더라. 이때에 승상 부자(父子)와 부인과 옥엽이 급히 본댁으로 달려가 왕 부인을 붙들고 엎어져 통곡하며 아뢰기를

"불효자 주봉이 왔나이다."

하며 기절한다. 또 이 부인이 아뢰기를

"불효한 며느리 왔나이다."

하며 땅에 엎어져 통곡하니 그제야 왕 부인이 이 말을 듣고 여광여취(如狂如醉)하여 기절하니 해선과 옥엽이 부인을 붙들고

32 – 앞

러 위로ᄒᆞ여 구완ᄒᆞ니 제위 인사을 진정야 안지며 각각
손을 잡고 전후사연을 알외이 서로 기리든 정을 칭양치
못할네라 이날 쥬봉 부자 궐ᄂᆡ의 드려가 국궁사
ᄇᆡ한ᄃᆡ 황제 손을 잡의고 전후사연을 무르신
ᄃᆡ 쥬봉이 복지 쥬왈 페ᄒᆞ 옥체 알영ᄒᆞ옵신잇가 천ᄌᆞ
옥유을 근치시고 경의게 천ᄒᆞ을 맛기고 짐은 후원의서
편이 잇고자 ᄒᆞᆫ니 엇더ᄒᆞᆫ가 ᄒᆞ시고 옥ᄉᆡᆨ을 전슈ᄒᆞ신니
쥬 승상 부자 복지사레 왈 이제 신의 옥ᄉᆡᆨ을 가지오면
후세의 영명을 면치 못ᄒᆞᆯ 거신니 봉원 황제난 집
피 ᄉᆡᆼ각ᄒᆞ옵소서 천자 가라사ᄃᆡ 경이 그러치 안니ᄒᆞ
면 조정ᄇᆡᆨ관의게 잡필 거신니 잠말 말고 ᄃᆡ소사을 경의
임으로 ᄒᆞ라 ᄒᆞ시고 옥사을 전슈ᄒᆞ신ᄃᆡ 쥬봉이 마지못

위로하며 구완[86]하니 겨우 정신을 진정하여 앉으며 각각 손을 잡고 전후사연(前後事緣)을 이야기하니 서로 그리워하던 정을 측량치 못할 정도였다. 이날 주봉 부자(父子)가 궐내에 들어가 국궁사배(鞠躬四拜)하니 황제께서 엎드려 아뢰기를

"폐하, 옥체 안녕하오십니까?"

하니 천자가 흐르는 눈물을 그치시고

"그대에게 천하를 맡기고 짐(朕)은 후원에서 편히 있고자 하니 어떠한가?"

하시며 옥새를 주시니 주 승상 부자(父子)가 엎드려 받들며 말한다.

"옥새를 가지면 후세에 반역의 누명을 면치 못할 것이니, 바라옵건대 황제께서는 깊이 생각하옵소서."

천자께서 가라사대

"경(卿)이 그렇게 하지 않으면 조정백관에게 잡힐 것이니 잔말 말고 나라의 대소사(大小事)를 경(卿)의 마음대로 하라."

하시고 옥새를 전수하시니 주봉이 마지못하여

32-뒤

ᄒᆞ야 후궁의서 국사을 이자ᄒᆞ면서 전의 시긔ᄒᆞ던 빅관을 불너 이로ᄃᆡ 전사을 조금도 의심치 말고 조히 잇시라 ᄒᆞᆫᄃᆡ 빅관니 그 말삼을 듯고 ᄃᆡ인군자을 탄복ᄒᆞ리라 쥬 승상이 남천문 안의 사던 니도원을 불너 벼살을 천거ᄒᆞᆫ니 세ᄃᆡ로 ᄃᆡ의을 두고 지ᄂᆡᆯ식 천자 전무ᄒᆞᆯ 옥엽의 츙열을 지여 천츄만세[87]의 일의도록 츈츄 제양을 ᄒᆞ게 ᄒᆞ신ᄃᆡ 그 자손니 천만세 지ᄂᆡ도록 무궁무궁ᄒᆞᆫ 부귀장녹이 ᄭᅳᆫ치 안니ᄒᆞ더라 ᄭᅳᆺ

후궁에서 국사(國事)를 처리하면서 전에 시기하던 백관을 불러 말하기를

"이전 일들을 조금도 의심하지 말고 좋게 있으라."

하니 백관들이 그 말씀을 듣고 '대인군자(大人君子)'라 탄복하더라. 주 승상이 남천문 안에 살던 이도원을 불러 벼슬자리에 추천하니 세세대대로 대의(大義)를 두고 지내었다. 천자께서 앞으로 없을 옥엽의 충렬(忠烈)을 기리게 하여 천추만세(千秋萬歲)에 이르도록 춘추(春秋)로 제사를 지내게 하시니 그 자손이 천만세 지나도록 무궁한 부귀(富貴) 작록(爵祿)이 끊어지지 아니하더라. 끝.

정월ᄆᆡᆼ츈신츈신정

이월즁츈츈ᄒᆞᆫ

삼월계츈츈화화신

사월ᄆᆡᆼᄒᆞ청화초하음월

오월즁하유화

유월계ᄒᆞ섬염혹열

칠월ᄆᆡᆨ츄신영겸염

팔월즁추청츄신양

구월계츄삼영국츄심츄

시월ᄆᆡᆼ동양월

질월진ᄒᆞ음ᄒᆞᆫ납월납ᄒᆞᆫ혹ᄒᆞᆫ

이 ᄎᆡᆨ이 묘기로와서 단문이 옴겨신니 혹도 빠지고 혹 글자도 ᄲᅡ젓신니 타인니 보시거던 능문등ᄃᆡ 살피시기 천만 바ᄅᆡᆸ나이다 ᄭᅳᆺ

미주

1) 참방(參訪): 찾아가 문안하다.
2) 탑전(榻前): 황제가 앉는 자리 앞.
3) 장략(將略): 장수로서의 전략과 능력.
4) 원찬(遠竄): 원배하다. 멀리 귀양 보내다.
5) 진무(鎭撫): 안정시키고 어루만져 달래어 줌.
6) 양구(良久)에: 한참 시간이 흐른 후에.
7) 직로(直路): 바로 통하는 길.
8) 일람첩기(一覽輒記): 한 번 보면 다 기억한다는 뜻으로, 총명하고 기억을 잘함을 이르는 말.
9) 생이지지(生而知之): 삼지(三知)의 하나. 도(道)를 스스로 깨달음을 이름.
10) 가난하매.
11) 두목지(杜牧之): 당나라 시절 관리이자 문학가.
12) 명주(明紬): 명주실로 무늬 없이 짠 피륙. 방언 표기인 듯.
13) 주찬(酒饌): 술과 안주를 이름.
14) 비점(批點): 문장 등을 평가하여 아주 잘된 곳에 찍는 둥근 점.
15) 관주(貫珠): 글이나 시문(詩文)을 하나씩 따져 보면서 잘된 곳에 치는 동그라미.
16) 납채(納采): 납폐(納幣). 혼인이 이루어진 증표로 신랑 집에서 신부 집에 보내는 예물.
17) 예필(禮畢): 인사를 마침.
18) 장량(張良): 한나라를 건국한 유방의 공신. 자는 자방(子房).
19) 선관(仙官): 선경의 벼슬하는 신선. 다른 이본에는 양소유로 나타남.
20) 사명기(司命旗): 군대의 대장 등이 군대를 지휘하는 데 쓰는 기.
21) 지우금(至于今): 예전부터 지금에 이르기까지.
22) 불구(不久)의: 오래지 않아.
23) 미거(未擧)한: 철이 없고 사리에 어두운.
24) 용력(勇力): 씩씩한 힘이나 뛰어난 역량.
25) 십벌지목(十伐之木): 열 번 찍어 안 넘어 가는 나무가 없음을 뜻함.
26) 무가내하(無可奈何): 어찌할 수가 없음.
27) 명초(命招): 임금이 명령하여 신하를 부름.
28) 어주(御酒): 임금이 신하에게 주는 술.
29) 무양(無恙): 탈이나 병이 없음.
30) 오마작대(五馬作隊)': 기마병이 행군할 때 오열 종대로 편성한 기마대를 말함.
31) 적기(赤記)하다: 붉은 글씨로 기록하다.
32) 월락서산(月落西山): 달은 서쪽으로 진다는 뜻.
33) 고소성 한산사: 중국 소주에 한산사라는 절이 있는데, 이는 당나라 시절의 기인(奇人) 한산(寒山)의 이름을 딴 것이다. 한산은 과거 시험에 계속 떨어지자 세상을 등지고 살았다고 한다.

34) 첩첩만학(疊疊萬壑): 산이 겹겹이 쌓여 있는 골짜기.
35) 창졸(倉卒)의: 매우 급하게.
36) 전립(戰笠): 무관이 쓰던 모자의 하나. 벙거지.
37) 안올림 전립: 안올림 벙거지. 일반 군인에 비해 지위가 높은 무관은 품질 좋은 모(毛)로 만들면서 매미모양의 밀화와 갓끈을 달아 만든 전립을 말함.
38) 항라(亢羅): 명주, 모시, 무명실 등으로 짠 것.
39) 쾌자(快子): 군복의 하나로 겉옷 위에 덧입는 옷.
40) 당사(唐絲): 명주실.
41) 창검(槍劍): 창과 검.
42) 미투리: 삼 등으로 짚신처럼 만든 신.
43) 월락서산(月落西山): 달이 서쪽으로 지다.
44) 일출동(日出東): 해는 동쪽에서 뜬다는 뜻.
45) 영시(零時): 24시간 중 하루가 시작되는 시각.
46) 창천(蒼川): 물이 맑아 새파란 색을 띠는 내.
47) 만첩산중(萬疊山中): 산으로 겹겹이 싸인 곳.
48) 간수(澗水): 골짜기를 따라 흐르는 물.
49) 반공(半空): '반공중(半空中)'의 준말. 하늘과 땅의 중간.
50) 별유천지비인간(別有天地非人間): 인간이 사는 세상이 아닌 신선 세계인 것처럼 경치가 뛰어난 곳을 표현한 말.
51) 장창대검(長槍大劍): 긴 창과 큰 칼로 무기를 이름.
52) 〈탄금가(彈琴歌)〉: 가사의 첫 부분이 "전국(戰國)적 시절인지, 풍진(風塵)도 요란하고, 초한적 시절인지, 살기도 무궁하다, 홍문연(鴻門宴) 잔치런가, 검춤은 무삼일고…"이다. 이와 비슷한 구절로 〈목도꾼 소리〉의 일부에도 "초한적 시절인가 인심도 야박하고 전국적 시절인가 살기도 등등하네."와 같은 표현이 있다.
53) 속가(俗家): 승려가 되기 전에 태어나 살던 집.
54) 고루거각(高樓巨閣): 높고 큰 집.
55) 불측(不測)하다: 행실이 괘씸하고 엉큼하다.
56) 산란(散亂)하다: 어수선하고 어지럽다.
57) 적취(摘取)하다: 끄집어내어 가지다.
58) 노고(老姑): 할머니.
59) 노구(老軀): 할머니.
60) 청청(淸淸)하다: 소리가 맑아서 아주 깨끗하다.
61) 충천(沖天): 하늘 높이.
62) 골골이: 골짜기마다.
63) 내념(內念): 마음 속 생각.
64) 만무(萬無): 절대로 없는 일을 말함.
65) 실혼(失魂)하다: 정신을 잃다.

66) 비계(秘計): 다른 사람들 모르게 꾸민 계략.
67) 십생구사(十生九死): 열 번 살고 아홉 번 죽음. 죽을 위험에서 겨우 벗어남을 말함.
68) 국궁사배(鞠躬四拜): 임금님께 존경의 뜻으로 몸을 굽히고 절을 네 번 올림.
69) 만분지일(萬分之一): 아주 조금을 뜻함.
70) 수륙재(水陸齋): 물과 육지에서 떠도는 영혼을 달래기 위해 올리는 불교적 의식. 중국에서 시작된 것인데 우리나라에서는 고려시대 때부터 시작되었으나 조선시대의 억불정책으로 인해 중종 이후 금지된 것으로 보임.
71) 전조단발(剪爪斷髮): 제사를 지내기 전에 단정히 근신하는 의미로 손톱을 깎고 머리를 자름.
72) 신영백모(身纓白茅): 근신하는 의미로 몸의 좋은 옷을 벗고 흰 띠를 두름.
73) 만고(萬古): 아주 오랜 시간.
74) 비금주수(飛禽走獸): 날짐승과 길짐승 등의 온갖 짐승을 이름.
75) 구완: 아픈 사람 등을 간호함.
76) 사은숙배(謝恩肅拜): 임금님의 은혜에 감사하여 절을 올림.
77) 절통(切痛)하다: 뼈에 사무치도록 한스럽다.
78) 수족지신(手足之臣): 손발과 같이 중요하게 필요로 하는 신하.
79) 전곡(錢穀): 돈과 양식.
80) 위의(威儀): 위엄을 갖춘 모습.
81) 〈풍교야박(楓橋夜泊)〉: 당나라 시절 장계(張繼)가 지은 〈풍교야박(楓橋夜泊)〉에 이 구절이 나온다. 전체 시는 다음과 같다.

    月落烏啼霜滿天(월락오제상만천) / 江楓漁火對愁眠(강풍어화대수면)
    姑蘇城外寒山寺(고소성외한산사) / 夜半鐘聲到客船(야반종성도객선)

82) 원정(原情): 억울함이나 딱한 사정 등을 하소연하는 문서.
83) 전교(傳敎): 임금의 명령.
84) 격양가(擊壤歌): 요나라 시절에 태평세월을 구가하며 부른 노래.
85) 여광여취(如狂如醉): 미친 듯 술 취한 듯 정신을 잃은 상태.
86) 구완: 아픈 사람 등을 간호함.
87) 천추만세(千秋萬歲): 오래도록 긴 세월을 이르는 말.

저자 **서유경**

서울대학교 국어교육과를 졸업하고, 동대학원에서 석박사 학위를 취득하였으며, 현재 시립대학교 국어국문학과에 재직하고 있다.

주요 논문으로는 「공감적 자기화를 통한 문학교육 연구」(2002), 「고전문학교육 연구의 새로운 방향」(2007), 「〈숙향전〉의 정서 연구」(2011), 「〈심청전〉의 근대적 변용 연구」(2015) 등 다수가 있고, 저서로는 『고전소설교육탐구』(2002), 『인터넷 매체와 국어교육』(2002), 『판소리 문학의 문화 적응과 확산』(2016) 등이 있다.

주봉전

초판인쇄 2016년 11월 15일
초판발행 2016년 11월 21일

옮 긴 이 서유경
책임편집 이신
발 행 인 윤석현
등록번호 제2009-11호
발 행 처 도서출판 박문사
Address: 서울시 도봉구 우이천로 353 성주빌딩 3F
Tel: (02) 992-3253(대) Fax: (02) 991-1285
Email: bakmunsa@daum.net Web: http://jnc.jncbms.co.kr

ISBN 979-11-87425-15-1 03810 정가 13,000원